老人流

村松友視

Muramatsu Tomomi

河出書房新社

老人流 † 目次

第二章　気配を道連れに歩く

第三章　「最近、お客が減って寂しいのさ」

第四章　天女の羽衣の布切れ

第五章　老人の遠近術

老人流

まえがき

人をはかるモノサシが有りや無しやと問われれば、そのモノサシは〝面白さ〟の有りや無しやではなかろうかというのが、私なりにたどりついたとりあえずの落着だ。偉い、立派、品格、有名……などもたしかに無視できぬ価値ではあるのだろうが、それらを凌駕する価値として、人の〝面白さ〟にこだわるようになったのは、『老人の極意』『老人のライセンス』など〝老人〟というテーマにかかわる本を書いたあげくのことだった。

人間、年齢《とし》をとれば誰でも老人になれるのか……これが、老人をテーマに作品を書こうと思い立ったとき、私が宙に刻んだ命題だった。そして、その答えはもちろん否、「人間、年齢をとったからといって老人になれるものではない」であった。〝老人〟は、実年齢の老人とは別物の価値というわけだ。

では、その意味での〝老人〟に自らが達しているかといえばこれもちろん否、年齢的には高齢者であり世間的には老人とされる私自身を、別物たる破格の〝老人〟の価値に組み込むのはとうてい無理、という思いをかみしめるばかり。

ならば〝老人〟とは何か……と先へすすもうとしてもその答えはあいかわらず曖昧模糊としている。蜃気楼というか逃げ水というか、彼方にぼんやりとゆれている幻のけしきは、爪をかけるどころか、見定めることもできないままなのである。

それでも、蜃気楼の中のゆれるけしきに目を凝らしつづけていると、そこに見おぼえのある文字らしきものがうっすらと浮き上がってきた。やがて文字らしきものがゆっくりと輪郭をあらわし、「老人流」と読むことができた。そのとたん、私の中にあった〝老人〟という言葉へのこだわりが少しやわらぎ、〝老人〟の面白さが〝老人流〟という三文字の中に溶け込んでいくような気がした。本書のタイトルである『老人流』が浮かんだのはそんななりゆきでのことだった。

気を取り直した私は、〝老人流〟という天眼鏡を自分の過去の時間に向けてあらためてかざしてみた。すると、記憶の底からさまざまな人物像が次々と浮かび上がってきたのだった。

私は、小学校へ上がる直前から高校卒業まで、時代としてとらえれば終戦直後から高度成長期にいたるまで、すなわち昭和二十一年から三十四年というベクトルの中で、祖母によって育てられた。祖母との二人暮らしという変則的家庭環境と、その期間をすごした静岡県静岡市（当時は清水市）という土地柄の組合せによって、私の性質、性格、性根、気質、感覚のようなものが刻み込まれていった。清水というのは次郎長ゆかりの清水みなとであり、戦後に人気を博した二代目広沢虎造の次郎長物をラジオで聴き、片岡千恵蔵の演じる次郎長映画を観て育った。次郎長物浪曲や次郎長物映画は、清水みなとにとってご当地ソングのようなものだった。次郎長映画を観てまちを歩けば次郎長通りの名をもつ商店街があり、〽旅行けば……と虎造節をうなりつつその次郎長通りを歩く。当時の清水みなとの人々にとっては、浪曲や映画の「虚」とその舞台たる「実」が心地よく馴染み合っていたのだった。

そんな土壌で少年時代をおくった私は、まちで出会う大人たちの一人ひとりに、ものがたりをかさねるようになっていった。この性癖には、けっこう年季が入っているというわけだ。

家に帰ると、屈折を背負った祖母が、仏壇を背景に煙管《キセル》を宙にかざして火鉢の前に座っている。家の中には探ってはならぬものがたりが潜んでいるようで、私は幼い子供の頃からそこには思いを向けぬ子になっていた。祖母のうしろの仏壇には家代々の位牌の中心に、私が生まれる前に上海で客死した父の位牌があり、二階の飾り棚の上には父の遺影が飾られていた。写真の父は眼鏡をかけていたが、レンズが光っていて父の本当の表情は隠されているようだった。

そんな謎だらけの家で育ったせいか、まちで知らぬ他人の大人をながめるのが好きだったのだ。

ヨイトマケを取り巻く人たちのどよめきのあとの沈黙の表情、巴川《ともえがわ》べりでぼんやり水面へ目を注ぐ青年の横顔、祖母に今年の薬を渡して去年の袋を受け取る越中富山の置き薬の人の目遣い、八幡神社の境内をよこぎる神主の白い衣にブルーの袴姿から伝わる虚無的な匂い、波止場にあったミルクホールの前にたむろする縞シャツの外人に口笛を吹かれてふり返る赤いスカートをはく女の屈折の笑顔、店の奥から外を通る一人ひとりを複雑な目で見送る貸し本屋の奥さんの切なそうな体の傾き、高校生に木の番号札を渡す自転車預り所のオバサンの愛嬌……。

まちの人々をながめる癖のついた私は、やがて祖母をもひとりの人物としてながめるようになっていった。日頃「おまえはシリの始末がわるいだよ」と戸を開け放つ私の癖を叱っていた祖母が突然咳込んで、その拍子にオナラをしたことがあり、祖母が私の目をのぞき上げて薄く笑ったが、屈託と滑稽が入りまじったその表情を見て、何かがふっ切れた気分になったり——。

なぜ、〝老人流〟天眼鏡がまず最初に清水みなとの記憶をさそい出したのかは分からぬが、過去の自分をも〝老人流〟天眼鏡を借りて洗い直そうという、世間的な老人とは別物たる破格の〝老人〟になり切れぬ私が、無意識にくり出した、まずは育ちの土壌にたよってみようという苦肉の策だったのではなかろうか。

二〇一九年九月

村松友視

第一章　次は、老いらくの恋

次は、老いらくの恋

先日、横浜のホテルで催された、三十年以上のつき合いのあるT氏の誕生パーティに出席させてもらった。私の新作を参加者へのプレゼントとして選んでくれたため、私は少し早めにホテルの会場に到着し、五十冊ほどの本にサインをしたりしていたが、そのうち次々と参加者がやって来た。

参加者は、何らかのかたちでT氏との交友をきずいてきた人たちばかりで、お座なりの出席者が皆無であるのが、きわめてT氏の七十歳すなわち古稀を祝うにふさわしい会の雰囲気だった。というより、出席者同士にもそれぞれの交流のあるケースが多いようで、T氏とのみのつき合いは私だけかもしれなかった。

出席者の年齢にも幅があり、二十代の男性もいたり、T氏と同年輩の人たちもいたりしたが、女性たちからはいずれも年齢不詳というイメージの空気感が伝わってきた。そして、若くてもそれだけでない感じから、年齢を感じさせぬ瑞々しさまで、年齢不詳にも幅があるようだと感じ入ったりもしていた。

T氏が馴染んで通う東京・三田のレストラン「シュヴァリエ」から取り寄せたボジョレー・ヌーヴォーの樽（ボトル約二十本分であるらしい）の、新酒にしてはコクを感じさせるワインから始まり、会場となったホテルの贅沢なチョイスによる料理など、ワイン通で食通であるT氏の面目躍如たる酒と料理が次々と供されてゆく。最近とみに酒量も食量も減ってきたと自覚する私は、テーブル上のワインと料理が次々と吸収されてゆく健康なけしきを、いささかうらめしげにながめつつ〝よしもと〟のバルーン芸人の面白さを堪能し、また出席者の彩りから伝わる目の保養感を満喫していた。

やがて、楽しい会もおひらきが近くなり、司会を買って出た同ホテル社長のG氏がT氏をマイクの前に呼び寄せて、

「ところでTさん、古稀をすぎたあと、このあとこれだけはやり遂げたいという決意をひとことどうぞ」

とすすめた。そして、呻吟《しんぎん》めいた表情になりかけたT氏に、

「それじゃ時間を切ります。三秒ということで！　一、二、三……ハイ！」

と、自分の手に持つマイクをT氏の口もとに突きつけた。するとT氏、遠慮気味に頭に手をやったあと、

「これからやり遂げたいこと、そうですね……老いらくの恋ですか」

と意外にすんなりと言って喝采を浴びた。「やり遂げたいことは〝老いらくの恋〟、いーね！」と、私は席に戻って来たT氏に、横浜だけにクレイジーケンバンドの横山剣気取りのセリフを向けた。そして、

「Tさんは今、これから先では無理なテーマではありますが……てな表情で〝老いらくの恋〟って言ったでしょ。でもね、そうなるとTさんより七つ上のボクの立場はどうなるのかなあ」

と、同じテーブルの女性たちの色気へと、垂涎《すいぜん》の的へ向けるような目つきを向けたのだったが、その私の心の内で、自分にとっての老いらくの恋が実に心もとなく浮き沈みしていたものでありました。

ギックリ腰で出会った異様な風景

　ギックリ腰の初体験は、もはや三十五年も前のことで、自分史的にたどり直せば齢《よわい》四十二歳、机に向かう時間と取材の連続、不規則な食事、運動不足……そろそろ出会うかなと思っていた矢先の〝事件〟ともいうべき出来事だった。

　その日、私は三人の客を玄関から座敷へと案内し、初対面の挨拶をするため座ろうとしたとき、電話が鳴った。当時、私の家の電話機は畳の上に置いてあったので、三人の客に気をつかいながら、かがんで受話器を取り上げ耳に当てた。電話は原稿の打合せを予約する内容であり、私はそのままの姿勢で少し話して受話器を戻し、「さて……」と三人の客に対する姿勢をつくりなおしたのだったが、そのときあることが頭をよぎった。

三人の客は初訪問の客であり、わが家にアブサンという名の外に出さないルールで飼っている猫がいることなど知るはずもなく、もしかしたら玄関の引き戸が少し開けたままになっているのではないか。そう思った私は、三人に気を残しつつ、体をひねって玄関の方に気を向けた。

来るべきものが来ての激痛は、その瞬間だった。腰がグン！　と下に引っ張られるような感じになったかと思うと、その腰にヒリリという痛みが走り……それがギックリ腰だと受け止める覚悟が生じた。

それでも、初対面の三人に覚られてはならじと気力をふりしぼって仕事の話をつづけ、玄関から送り出したとたん、ヘタヘタと床にへたり込んでしまった。

立ち上がろうとするのだが、体のどこに力を入れれば腰が痛まぬのかがまったくつかめない。仰向け、俯せ、横向きのうち、どうやって倒れていれば比較的楽なのか……それさえも見当がつかないのだ。

この状態を維持すれば何とか……と思ってしばらくすると体に力が入り、激痛がはしる。そのうち少しコツをおぼえて立ってみるのだが、杖を突いた老人のように前屈みとなり、こんなところへヒト様でもたずねて来たらアウトだとあせった。実家へ帰って留守のカミさんを恨めしく思いつつ二、三回鳴った電話をやりすごした。

今の自分はどんなありさまなのだろう……なぜかそれを確認したいと思った私は、洗面所にある鏡の前へ向かった。そして、洗面所の鏡に映る自分の姿を見定めようとして、無意識に体を反り返らせたための痛みで、腰からくずれ落ちるようにしてその場に倒れ込んでしまった。

そして、仰向けに倒れたまま目を見ひらいた私は、視界にとらえられた異様ともいえるけしきと向き合った。それは、洗面所の壁に取り付けてあるガス瞬間湯沸かし器を、真下から打ちながめた光景だった。真下から見上げたガス瞬間湯沸かし器の中には、元火から発してゆれている青い炎があった。その周囲には奇妙な法則にしたがうような鉄の管が縦横に走りまわり、巨大な工場を見学しているかのごとき気分につつまれた。生まれて初めてのギックリ腰が見せてくれた、生まれて初めて見る摩訶不思議なこの風景を、仰向けに倒れた私は、激痛の中でいささかの感動をおぼえつつ、しばらくのあいだ仰ぎ見ていたものでありました。

様子のいい男

「昔は、様子のいい男ってのがいてね……」

と思い出にふける顔になったのは、フランス料理店の主人Sさん。彼は、もともと画家志望でパリへ渡り、その道をあきらめ料理人となって帰って来た人だったが、歌舞伎や能に造詣の深い御仁で、パリ時代はモンマルトルの丘が見えるアパルトマンのベッドの手すりに、豆しぼりの日本手拭を一枚引っかけておき、それをほどきながめては異国における孤独をなぐさめていたという。ま、パリで黙阿弥を気取っていたというようなわけだが、その気分が分かるような気もした。そのSさんがしんみりした顔で、〝様子のいい男〟を切り出したのだった。

「様子のいい男って、どんな男なんですか？　顔じゃないんでしょ」

「そうねえ、顔もいちおう含まれるんだろうけど、色男とか美男とか、そういうのはべつに必須条件じゃない。もちろん、色男でも美男でもいいんだけど、ムードとか雰囲気とかニュアンスとか、そんな感じかね。そういう連中が、浅草あたりにはゴロゴロしていたんだよね」

「昔の浅草の人ってわけ？」

「いや、どこかから浅草へ来てどこかへ帰って行くって感じの連中かな。芸術的なスリなんかの中に、そういうタイプがいてね」

そのあとSさんが話してくれた芸術的なスリの動きは、まるで能の世界だった。上等の雪駄《せった》を履いた相手に狙いをつけると、真うしろにピタリと寄り添って同じ歩調で歩く。そして、右足をすっと出して相手のカカトにかるく打ち当てる。蹴るでも触るでもなくかるく打ち当てる……このあたりをもSさんは様子がいいと感じるらしい。右足のカカトに違和感をおぼえた相手は、右足を雪駄から外してちょいともち上げ、何でもなかったことを確認すると、その右足を雪駄の上にもどす。そんなわずかなあいだに、スリは足の浮いた相手の雪駄を爪先で引っ掻くように引き寄せ、自分の雪駄をすっと相手の足の下へすべり込ませている。相手は何も気づかずに歩いて行く……そのあとスリは、左足の雪駄も同じ動きの中ですり替えてしまう。こうやってスリは、まことに穏やかに相手の立派な雪駄を我がものとし、相手はすり替えられたことも知らぬまま、家まで歩いて帰り、初めて雪駄がすりかわっていたことに気づくというのだ。

「芸術的なスリだろ」

「凄いとしか言いようがないですね」

「スラれた相手が家へ帰って雪駄を脱いだとき気づいて感動するってやつさ。こういう芸術的なスリの中にね」

「その様子のいい男ってのがいたんだ……」

「ま、靴じゃなく雪駄の時代だから、浅草とはいえかなり昔の話なんだがね」

なるほど……とうなずきながら私は、もしかしたらSさん、画家志望のパリ帰りは嘘で、かつての自分の浅草での所業を自慢したのじゃなかろうかと思ったりもしたものだった。

バーテンダーよりもバーテンさん

私が大学生になった頃は、トリスバーの全盛期だった。当時サントリー社長だった佐治敬三さんが、バーのカウンターで酒を飲む文化を、一般社会人の中に広めようとしての実験的試みが、トリスバーという存在であったようだ。今にして思えば、戦後の復興の時代に酒場のカウンターに陣取る客といえば、ちょいと危ないお兄さんや酒びたりの失業者といった感じで、堅気の社会人にはあまり縁のない領域だったのだ。

そこに登場したトリスバーには、それまでの酒場にくらべて怪しげな気配がうすく、しかもストレート四十円、ハイボール五十円、白百五十円という安さは、若い世代が安心して足を向けるにふさわしい雰囲気があった。

そこを仕切るのは、当今のバーテンダー像からはほど遠い〝バーテンさん〟。カクテルのつくり手たる役目をはるかに超えて、客の用心棒、人生相談、手品、夜の神父など……どんな役をもこなす役者であり、若いながらもしたたかな凄玉が多かった。

客がいないとき、トランプやダイスのひとり遊びをする姿からは、メジャーになり切れない新劇役者風の屈折が立ちのぼり、どこかに屈折した男の色気がただよっているタイプが多かった。

その〝バーテンさん〟が女性と親密そうに話し込んでいるところへ、新しい客としてドアを押し開けたとたんに出くわし、気をきかせてドアを閉めようとして止められたことがあった。その女性は、一軒おいた隣の店のママで、借金の取り立てについての相談に乗っている場面だったことが、かなりあとになって判明した。〝バーテンさん〟は、大体において黒ずくめの服装に身をつつんだクールな雰囲気だったが、若いくせにそのような人情味を身につけたタイプも多かったような気がする。

あるとき私は、〝バーテンさん〟を慕ってやって来るらしい若い女が、時間をかけて二杯飲んでは帰って行くことに気づいた。〝バーテンさん〟は女に話を向けるでもなく、カウンターの上にマッチ棒をならべて文字をつくり、女がマッチ棒一本を加えて別な文字に変えるゲームをくり返すうち時がたっていく。前の客が残した柿の種とピーナッツをひとつの皿に集め、無造作に女の前に置く。ハイボールを飲みながら黙ってそれを無表情でつまんでいる女……カウンターの奥からながめると、まるで映画のワンシーンのようだった。

これもあとで分かったのだが、彼女は危ない連中に追われてこの店へ逃げ込み、〝バーテンさん〟にかくまわれた女だった。のちにこれが発覚し、〝バーテンさん〟は危ない連中にヤキを入れられた。それから半年後にふらりと女が礼を言いに店にあらわれ、それからハイボール二杯をたっぷり時間をかけて飲んで帰るようになった。

これは、〝バーテンさん〟がつまみを買いに行った留守に、ハイボールを二杯以上飲んでめずらしく酩酊した女が、ひとりごとのように聞かせてくれた打ち明け話だった。

ともかく、巷《ちまた》が情《じょう》のあるけしきにみちていた時代だったというわけだ。

レトルトは、昔リリーフ今先発

静岡県島田市で行われている「愛するあなたへの悪口コンテスト」の審査委員長というのを引き受けて、もはやかなりの時がたっている。

〝悪口〟と〝愛〟をつなげたひとセリフを看板としたこの催しがスタートした第一回から、私はその審査にたずさわっている。悪態を言い放つことによる心の浄化を眼目とする悪態祭が全国から徐々に消えていき、穏便、調和、秩序、あるいは忖度を旨とする言動が頭をもたげてきた時節のながれに横車を押すというわけではないが、人の本音たる〝悪口〟の封印に逆らう気分で、地元島田市にあるかつての御陣屋内の稲荷神社が庶民の〝悪口〟の受け皿となっていたことに鑑《かんが》みる思いをかさね、さらに〝愛〟という言葉をつけ加えてこの催しが発足してから、はや十五年の歳月がすぎたことには、あらためて感慨をおぼえざるを得ない。

最初は〝悪口〟を標榜《ひょうぼう》する催しなどもってのほか……と一般の人々から歯牙にもかけられなかったこの催しが、何ゆえかくもながきにわたって持続し、全国にわたる応募者数が年ごとに増加の一途をたどっているかの要因は、一にも二にも受賞作の比類ないユーモアにみちた味わいの高さによるものと、エヘン、私は審査委員長として自負している。

「レトルトは　昔リリーフ　今先発」

たとえば、これは平成三十年度の大賞だ。レトルト食品による各家庭の食卓の席捲《せっけん》と、そのレトルト食品の想像外の進化と深化によって、かつて家庭における食卓の主役であった〝妻〟や〝母〟の手づくり料理が脇役に追いやられているこのご時世を、先発投手とリリーフ投手にかさね合わせた、時代および〝わが家〟への切れ味のよい〝悪口〟だ。

リリーフ投手とひとくくりにされた先発以外の役割が、今や機能分担で細分化され、かつて先発投手が打たれたとき登板する中継ぎと呼ばれた投手がセットアッパーとして光をおび、先発として向かぬ豪腕投手が、試合のながれによって一回だけのために起用された抑え役が、クローザーと呼ばれて先発とは別な重みをおびる価値を与えられるようになっている。

それを前提として、かつてはすべて手料理だった食卓に、先発たる〝妻〟や〝母〟の料理の中に、そっとリリーフ役として登場したいわば中継ぎのメニューたるレトルト食品が、いつのまにか堂々たる主役になり代わって手づくり料理を脇役に……いや、戦力外に葬り去るいきおいを見せている。そんなきわめて今日的な食卓のけしきを、野球の用語をもって描き、悪口のホコ先は何かといえば手づくり料理のつくり手なのだが、この作品からはこの時代の趨勢《すうせい》を抗いがたいものとしてレトルト食品を受け入れる諦念と、本来手づくり料理のつくり手であるべき妻を名指すことをしない、まことに弱々しい〝愛〟を汲み取ることができるのであります。

ジイジとバアバのものがたり

私の友人、知人などにも、あるとき孫娘にジイジと呼ばれて有頂天になり、「オレも家じゃあジイジだからね」と、孫娘のかわいらしさを言い募りつつ、往年の自分の世間的強面《こわもて》を頭によみがえらせているタイプがゴマンと存在している。

子供にめぐまれずそのような感覚を知らずに生きている私などは、「家じゃあジイジだからねったってサ、世間でもジイジだろ」なんぞと、口には出さぬ突っ込みを入れてその場をやりすごしたりしているのだが、孫のかわいさというものには抗いがたいものがあるようだ。子供に対して背負わねばならぬ責任感を肩から外し、外野からいじるような純真でもあり無責任でもある愛情を、孫ができて初めて知る感動のようなものが、ジイジと呼ばれてやにさがるのは、理の当然というものかもしれない。

そこで、その問題にもうひと色を加えてくれたのが、「愛するあなたへの悪口コンテスト」準大賞作だ。

「孫からは　バアバとジジイ　と呼ばれてる」

まんざらでない上機嫌で〝ジイジ〟と呼ばれる自分の中にわく快感をもてあそんでいた祖父たる人が、ある日突然、とんでもない事実を確認させられて、まずは唸ってから唇を引きしめる……そんな光景がこの作品から浮かんでくる。

ジイジ、ジイジと呼びつづける孫娘のかわいらしさの放射を、祖父の特権的な悦楽とからめて受け止めてきた恍惚の中で知らされた、ジイジではなくジジイと呼ばれていたんだという、痛すぎる現実。

祖父は、まず恨めしく天使のような孫娘の口もとをたしかめてみるが、孫娘はやはりジイジでなくジジイと無邪気に呼んでいる。「なあに?」と、とりあえず孫娘に返事をしたあと、祖父の目は日向で刺繍にいそしみ、針と糸をあやつる己れの手もとに、慈愛にみちた目をおとしている老妻に向けられる。

昔映画で見た探偵になぞらえるような心持ちで、しばらく妻と孫娘に交互に気を向けていた夫は、やがて自分をジジイと呼んでいる孫娘が、老妻を呼ぶときはバアバと呼んでいるという第二の現実を知ることとなり、ふーっと大きく息を吐く。

夫であり祖父である人の体の底に、誰に向けるともない得体の知れぬ嗤《わら》いが生じ、その嗤いに体ぜんたいをゆすぶられていく。彼にとってはもはや、ジイジだろうがジジイだろうが、そんなことは大した問題ではなくなっていた。孫娘に自分をジイジでなくジジイと呼ぶよう手なずけた犯人が誰であろうが、それもまたどうでもよいことと思えてきた。天使のような孫娘と、日向で刺繡をする老妻がいて、そしてオレがいる……これが現実の平安なのだと思っているうち、ジジイと呼ぶ孫娘の声がジイジと聴き取れるような気がしはじめたりして、ま、こんなふうにして孫娘の〝愛〟を素直に受け止めつつ老妻の犯行を不問に付すという、ある意味で典型的とも言える、男の諦観をベースとした知恵と哀愁と屈折の愛がただよう作品でもありました。

美人喫茶の罪なき誘惑

自分の青年時代をふり返って、時おり立ち上がる記憶のひとつに、美人喫茶体験というのがある。

大学時代、友だちと学校の近くの喫茶店へよく行って喋った（当時の用語で言えばダベッた）ものだったが、その場合の大いなる目当てが、コーヒーをはこぶアルバイトらしい女性だった。いくつかの喫茶店をハシゴするうち、およそそんな店で働いているはずのないような楚々としたタイプの若い女性のいる店を見つけて友だちに伝え、いつかその店でたむろするようになってゆく……というわけだから、店の雰囲気やコーヒーの味が目的でなく、学生時代から喫茶店を選ぶ動機が不純だったということだろう。

そんな私が社会人となって京橋の会社につとめ、銀座を行動範囲とするような日々をおくりはじめた頃、「美人喫茶」というのが流行り出した。喫茶店のやけに分厚い色つきガラスのドアの内側に、道行く人に涼やかな目を向けるとも向けぬともいうような表情の、楚々たる女性（ほかに表現がないのかね）の姿がある。ちらりと目が合ってギクリとした心もようを覚られぬよう、いったんはそっけなく通りすぎてから、まるで別人のような顔をつくってその喫茶店へ入る。

「いらっしゃいませ」

と迎えた若い女性は、店内でよくよく見ても楚々としていて、どうしてこんな娘《こ》が……と、学生時代と同じ感動につつまれたのだから、ウブというより単純あるいはバカというべきか。だが、その女性が席へ案内するのではなく、銀座のセンスをただよわせる洗練された身のこなしで近づいた男性の店員に、事務的に奥の席へ案内される。座らされたのは、ふたたびドアの内側に立って道行く人に秋波をおくっている件《くだん》の女性の姿が、よく見えぬ席。その段階でとっくに後悔しているのだが、仕方なく「美人喫茶」らしい破格ともいえる値段のコーヒーを、動揺をかくしつつ注文する。

コーヒーの味は後悔の念につつみ込まれてあいまいとなり、飲みおわると腕時計を気にするふりをして勘定書をつかんでレジへ向かう。溜息をつきながらそれとなく入り口のドアのあたりへ目を向けるが、なぜかさっきの女性の姿がない。暗めの店内から、男性店員の開けてくれたドアの外へ出ると、太陽の光がやけに眩しく感じられる。

この一回目で「美人喫茶」の手応えは感知したつもりだが、次にその店の前を通って先日と同じ女性に同じ視線を色つきガラス越しに向けられると、ちょいと力《りき》を入れて踏み止まらなければ吸い込まれそうな誘惑感をおぼえてしまう。

「美人喫茶」では、〝見せ札〟たるドアの内側の女性のみが、神秘ただよう手招きをしているのだが、内容的にはべつに怪しいわけでなく普通の純喫茶と何ら変わらないところがミソ。心の底に沈んでいる男のスケベ心をごく自然にそそのかす場面装置以外、あこぎで不純な営業でもなかった気がするのだが、さしたる営業効果もあがらなかったゆえか、しばらくすると「美人喫茶」なる存在は姿を消した。劇場を入って定《じょう》式幕《しきまく》を一瞥しただけで、芝居も見ずに外へ出たような、自分の宙ぶらりんの気分だけが、なぜかたまに記憶からよみがえるのだ。

プールのオシッコ問題

主観と客観のちがいとは何ぞや……などという哲学的なテーマを頭の中でころがすことが、私にもたまにある……というオハナシ。

友人と夕方に待ち合わせて、車の渋滞にあって遅れたケース……これは〝車の渋滞〟という客観的事実のせいなのか、東京の夕方の渋滞を予測して早く家を出なかった自分の主観のせいなのか……とまあ、こんな程度のころがし方だ。

では、主観と客観はどうちがうのか……ま、この先には私には爪のかからぬ、延々たる議論の地平が広がっているのだろう。私にとっては、この問題はトバ口あたりでうすっぺらにフィットするのが無難であり、あまり本質的には考えたくない、いや考えられないのであります。

で、ある日私はこの問題についての壮快な事例を示してくれるご老人に出会ったのだった。そのご老人は、八十半ばをすぎた年齢においてもお洒落党を維持しているお方だった。若い頃と体形が変わらぬのも立派で、五十代頃から着ている英国生地のイタリア仕立てというスーツを悠然と着こなしていた。生地はイギリスの本格派、仕立てはイタリアの粋なセンスを信用し、この二つの組み合わせを好んでいるご老人だったのだ。その趣味は主観的美学にみちていて、単なる古典派や流行追随派のファッションとは袂《たもと》を分かつものにちがいない。

それはともかく、主観と客観のちがいを問うた私にご老人は、こう言われた。

「子供の頃、銭湯でオシッコしちゃ駄目って叱られたことない？」

「へ……はい、まあおぼえがあります」

「昔ね、ドーバー海峡を泳いで渡る競技に参加した女性の知人がいてね、その彼女にきいてみたの」

「競泳中にオシッコしたかしないかをですか」

「そしたらね、ドーバー海峡の大きさにくらべてそんなのちっちゃい問題なのよって、彼女は言ってた。だからやったと思うんだよねぇ、銭湯の湯の中やプールの水の中でオシッコするように」

「はあ、プールもありますね……」

「じゃあ、プールや銭湯を出て、そこへオシッコをして、その上に飛び込んだり、中に身を沈めたりできるか……という」

「それはできませんね」

「これすなわち、主観と客観」

「はあ？」

「銭湯の湯の中やプールの中にいるときは自分と湯や水が一体化している。つまり主観の世界なんだね。外から見ると、お湯も水も客観的けしきであるということだね。だからオシッコをしたプールや銭湯には入れない」

　私は、なぜ話がドーバー海峡におよばねばならなかったのかとクビをひねりつつ、妙に納得させられたものでありました。

むっつり助平の立往生

あるとき、仕事で手相を見てもらった。女性占師さんは、私の掌を仔細に点検するや、「う〜……」という声を発し、次にニヤッと笑って私の目をのぞき上げた。

「何ですか、その笑いは？」

「あの……淫乱の線があるんです……」

なるほど、とわが手に目を注いでいると、占師さんは「でも、ですね……」となぐさめ顔をつくり、ふたたび私の目をのぞき上げ、

「あの、こういう相は、文章を書いたりものを表現したりするヒト、つまり芸術家にはいい相なんです」

そう言われて、私はちょっと芸術家のような顔をつくってみようと思ったが、当然

無理なのですぐに真顔にもどした。そして、彼女の言う「淫乱の相」というのは〝むっつり助平〟ということではないかと思った。

私は、生まれたときからいろんなことを伏せて祖母に育てられた。そして、子供心に伏せられているいちいちを勘づきつつ育っていった。誰が説明してくれるでもなく、さまざまな事柄を自分で組み立てて察する以外に方法がなかったのだ。今生じた疑問について気持ちを深めれば、その内側にさらなる秘密が待っているかもしれない……そんなときの堆積が、私に〝むっつり助平〟の性《さが》を埋め込んだにちがいない。

興味ある本、興味ある人や食べ物に対してでさえ、私は〝むっつり助平〟をつらぬいてきたはずで、もちろん好きな女性に猛進してゆくタイプには仕立て上がらず、この件についても紛れなき〝むっつり助平〟になっているはずなのだ。

「淫乱と言っても、つまり一般的に多感な人種でもあるわけですから」

「人種？」

「いや、タイプくらいに取っていただいて」

とんでもない痛手を私に植えつけたと思ったか、女性占師さんがなぐさめるように言ってくれるのだが、私の頭から〝むっつり助平〟が剝がれ落ちることはなかった。

手相を見る人は、相手を傷つけぬよう心を配るのか……女性占師さんのなぐさめ、あるいはいたわりのごとき反応を、私はそのように受け止めた。すると、この女性占師さんがかなりの美形、さらに自分好みのタイプでもあることに、私は唐突に気づいたのだ。そして、そもそも彼女がなぜ占師になったのか……などのいきさつを知りたくなった。だが、〝むっつり助平〟の私は、もちろんそれを直《じか》にたずねるのではなく、彼女にじっとりとした視線を注ぎつつ、心の内側であれこれと女性占師さんについての詮索をもてあそびはじめた。

すると、女性占師さんは、いそいそと帰り仕度をはじめた。私の相は、芸術につながる〝淫乱の相〟ではなく、単なる〝むっつり助平〟のレベルで立往生をしていることを看破していたにちがいない……女性占師さんの表情から、私はそのような思いをかみしめさせられたのでありました。

白いジーンズのそそのかし

テレビのモーニングショーのあるコーナーで紹介された、倉敷の工場の開発によるという白いジーンズの神秘を興味深く見たことがあった。

夏の季節に人気のある白いジーンズは、ファッション的には何にでも合わせやすいというプラス面をもつが、ヨゴレが取れにくい点が厄介……というのがこれまでの常識みたいなものだった。

だが、この倉敷の工場と提携して開発し、この番組で紹介されたブランド店のご主人は、まずジーンズを織り合わせる縦糸と横糸に、糸の段階から汚れ問題に取り組んだ。ただ、それでは縫い合わせの箇所にある汚れの解決ができぬという難関を、仕立て上がってからフッ素加工を施す職人の独特の手もみのワザによってクリアし、醤油をこぼす実験においてもその汚れが見るまにながれ落ちるという成果にいたったという。

汚れを受けつけぬ白いジーンズという、鬼に金棒的なこの作品はたちまち人気を得て、今や倉敷から東京・銀座にまで幅を広げているそうで、これを取り上げた日のモーニングショーのスタジオでも、新鮮なおどろきをもって迎えられていた。

ちょうど白いジーンズに手を出そうかどうしようかと思案していた私も、汚れのしみ込まない神通力には仰天したが、あまりの人気爆発のため数カ月は待たねば手に入らぬという情報にうなずきつつ、銀座の店へ足を向けようとする気分をおさえた。

よく考えれば私には、食べ物に関しても列んで食べようとするかまえがない。ラーメン、おでん、天丼、そば、うどんなど……その店の人気には説得力を感じながらも、食べたいという思い立ちと人気の名店に列んで食べ物にありつくまでの時間差が、私の前のめりの気分を萎えさせてしまうのだ。

ジーンズもどこかラーメンや天丼あるいはそばに似て、食べたいとき食べたいという領域に属するカジュアル性がかさなっているのではなかろうか、と私はそのように思うタイプなのだ。何も列んでまで食べなくても、何も数カ月待ってはかなくても、食べたいときに食べ、はきたいときにはくからラーメンでありジーンズなのだというこだわりである。

子供の頃、畳に墨をこぼしたとき、大根おろしを降りかけこすることをくり返すとあらわれる、想像を超える墨の消え方におどろき、その方法を教えた祖母をそのときだけ尊敬したりしたものだったが。あれ以来の感服を白いジーンズの効果におぼえながらも腰が上がらぬのは、やはり数カ月という待ち時間が壁となって立ちはだかるあげくのことなのだ。

ただ、あのモーニングショーでのお披露目によって、白いジーンズへの欲求を宙に浮かせるかと言えば否、醬油やインクや墨汁がついたらあきらめると折り合いをつけて、街で売っているありきたりの白いジーンズで間に合わせるつもりになっているのだから、しょせん天才的発明とは無縁の輩《やから》ということでありましょう。

チャコールグレーの厄介

好きな色は何ですか？　そんな質問に対する答えは、赤、ブルー、白、黄、緑、紫など聞く側が即座に納得するものでなければならず、私にとってまことにむずかしい問いかけだ。群青……などと外らしてもあまり受ける気もせず、相手がどういうつもりで好みの色をたずねるのかなんぞと意識がよこばいしてしまい、きわめて厄介なテーマのひとつとなっている。

それはたぶん、いちばん好きな色が自分の中ではっきりとしていないゆえに生じる厄介なのであり、赤が好き！　という本音のある人にとっては何でもない質問なのだろう。

ただ、落ち着いて胸に手を当て、自分がある色を意識し、その色を素晴らしいと感じた記憶をたぐってみるならば、ひとつの答えが思い浮かばないでもない。ただ、それは「好きな色は？」という質問に対する答えとして、その場面で、口走るのをさしひかえたい気分をさそい出す厄介な色なのだ。

私が大学へ入った年といえば昭和三十四年すなわち一九五九年ということになるのだが、その頃にわかに流行ったのがチャコールグレーという色だった。これは、この色が流行ったというより、それまでも存在したグレーという色の領域の一角に突如として登場した感があった。つまり、学生服や紺のブレザーの下にはくズボン（パンツはまだ下着のみの用語だった頃）の色として、妙におさまりがよい色だったのだ。

"charcoal"（チャコール）はつまり「木炭」で、チャコールグレーは「木炭色」ということになるのだろう。およそ青春真っ只中の好みとは感じられぬだろうが、その頃の若者を惹きつけたVANジャケットなどにこの色は目立っていた。

辞書を引くと「黒に近いねずみ色。消し炭色」「黒に近い濃い灰色」などと出ているが、下手をすると単なる地味ととらえられかねない。ただ、この地味と渋味とシックの曖昧的合体のごとき色を、自分がいたく気に入っていたことが強く記憶に残っているのである。

以来、私が着るジャケットやズボン（そろそろパンツの呼称に馴れたいのココロだが）の色は、チャコールグレーにフィットする黒か紺あるいは茶色というきわめて狭いゾーンに絞られ、あるガールフレンドには「得意の汚《きた》な色」などと揶揄《やゆ》されたりもしてきた。

しかし、私のこなしてきた時間の中で、大学に入ったとたんに出合ったチャコールグレー以上に、あざやかな記憶を残している色は見当らないのだから仕方がない。

ところが、地味とも渋味ともシックとも絞り切れぬこの色が、今流行っている店などで探しても、容易に見つからないのだ。それでも私は、しつこくチャコールグレーを軸とした服装に身をつつむところから脱することができずにいる。

そして、これほど強くこだわりながら、「好きな色は？」と訊かれて「チャコールグレー」と、堂々と答えられぬ理由は奈辺《なへん》にあるのやら。

第二章　気配を道連れに歩く

デジタルを使いこなすアナログ人

大阪方面行きの新幹線の、進行方向に向かって左端の座席に座ると、同じ列の右端に私と同じ年配らしい紳士が陣取った。そして、その紳士と私とのあいだに座る人がいないまま、品川駅も新横浜駅もすぎ、あとは名古屋に停まるだけ……と、私は少し座席をうしろに倒し、ゆったりとした気分になろうとした。

そのとき、右端の紳士のバッグの中で鳴るらしい携帯電話の、いささかくぐもった音が耳に伝わった。

紳士は、ちらりと私の方を気にしてから、苦々しい表情でバッグのケイタイを取り出して耳に当てた。われわれの年代には、人前で電話をするのをはばかる習性が身についており、電話で話すときは壁に向かったり物かげまで歩いたり受話器を手で覆ったりして、辺りへ気を配りつつ小声で話したりしたものだった。

したがって、新幹線の座席で鳴ったケイタイなれば思いは複雑、マナーモードにしていなかったという後悔もふくめて、苦々しい気分におそわれるのは無理のないことだった。

私は、紳士の立場にいささか同情の念を向けながら、それとなくその横顔に目を向けた。すると、紳士は苦々しい表情で持っていたケイタイを耳に当てるや、急に弾んだ表情になって笑顔をつくり、

「え？　キミよくここが分かったねえ……」

と、感服するように上機嫌の顔になった。よくここが分かったねえったってアナタ、ケイタイですからねえ……私は、喉の奥でそっと突っ込みを入れながら、紳士から目を外して走り去る窓外のけしきを見やりつつふっと息を吐いた。

そもそも電話は、ある場所からある場所へとかける、まことに優秀な文明の利器だった。そこへある人からある人へという通信を可能とする携帯電話という、さらなる文明の利器があらわれ、たちまち隆盛をきわめて今日にいたっている。もはや若者と

言わず現代人は、ケイタイなしでは生きていられぬと言っても過言ではない状況下におかれているのであり、ケイタイは全智全能の神のごとき存在となっているはずだ。

そんな現代において、「場所から場所へ」から「人から人へ」に切り換わった大前提もわきまえぬまま、ケイタイを携帯しているのが、右端の紳士ということになる。私は、こみ上げる笑いをこらえながらそんなことを思いかけ、待てよ……と心の内で呟いた。

デジタル時代の到来の渦中で、その根本的理屈も知らぬまま、私自身がデジタル機器の恩恵に浴しているケースたるやおびただしい数にちがいない。その自分に紳士を嗤《わら》う資格ありや……と言えば否に決まっている。

そしてむしろ、アナログの立場でデジタルの利器を使っているというスタンスを、「よくここが分かったねえ……」によってあらわしている紳士の軸は、アナログ派としてぶれていないのだと気づかされた。

あの紳士は、単なる後期高齢者ではなく、きわめて切ない〝老人流〟を持ち合わせたる御仁だったのである。

文明に翻弄される業

中国人観光客が、日本製の各種のウォシュレット・トイレを、生真面目な表情で見学しているテレビを見たが、彼らの目には神秘に向ける色がやどっていた。中国でも、上層階級ではウォシュレットが普及しているのかもしれぬが、一般への普及となればまださまざまなクリアすべき問題があるらしい。公共施設に使用するケースでは、トイレを使う人が学ばねばならぬことも多いだろう。

そんなことを呟きながら画面を見ていたが、自分自身のウォシュレット初体験を思い出して額に汗がにじんできた。日本の一般家庭のトイレでウォシュレットが使用される端緒みたいな時節だったとはいえ、あれは苦味をともなった思い出だった。ちなみに、わが家のトイレはもちろん、まだウォシュレット方式でなかった頃のことである。

久しぶりに顔をそろえた高校の同級生たちとの食事会のあと、皆でその中のMが住む赤坂の家へ押しかけた。酔ったあげくとは言え、彼の奥さんは夫の同級生の不意の来訪にさぞかしあわてたことだろう。それでも、新しいワインがポンポンと空き、それにふさわしいチーズなどがテーブルに供されたのはさすがだった。

Mの意外な画才が、壁にかかる巨大な油絵から伝わり、それを肴に二次会的宴が盛り上がったりしたあげく、おひらきとなった。

私は、帰りぎわにトイレを借りた。酒を飲んだあとの赤坂からわが家のある吉祥寺までのタクシーでの長丁場を頭に入れてのことだった。用を足したあと、Mの家のトイレがわが家のトイレとは事ちがい、いくつかのボタンが備えられていることに気づき、単なる好奇心でそのひとつを指で押してみた。すると、便器の中から棒状のものがセリ出し、そこから小規模な噴水のごとく水が放射され始めた。水を止めようとするが、どのボタンを押してよいか分らず、あわててトイレのフタをしてMを呼んだ。

Mの奥さんが何事かとドアを開けてくれたときは、すでに最初の噴水でトイレの床が水びたし、奥さんが笑いながら水を止めるボタンを指で押し、「ちゃんとご説明すればよかったわね」と、私をいたわるように言うその背後に、大笑いをするMや同級生の顔があった。私は、照れかくしに皆と同じように笑うしかなかった。

その体験から、見馴れぬトイレの仕組みへの用心深さが体に埋め込まれたのか、近頃怖さを感じるのが、用を足したあと人が離れると自然に水が流されるセンサー付きのトイレだ。

用を足したあと、便器の前から少しずつあとずさり、ようやく水がながれるのを確認して安堵し、ふーっと息を吐いたりしている私のありようは、寸止めの技を決めたあと、残心《ざんしん》の中で身がまえつつ、審判の判定を待つ、空手の達人のごとき隙のなさ……いや、そんなイメージとは裏腹な、ただただ新しい文明に翻弄されやすいわが業《さが》ゆえのありさまなのでありましょう。

本の万引きの様がわり

立ち読みを古本にハタキをかける仕種で追い払う古書店主……といったイメージが、昨今の古書店にあらわれることはなさそうだ。その理由のひとつには、ハタキという用具の衰退があるにちがいない。

死語と同じように、もはや絶滅の危機に瀕しつつある光景も、枚挙にいとまがあるまい。映画『万引き家族』の大ヒットがさそい出した〝万引き〟という行為はあいかわらず脈々と巷《ちまた》に息づいている感じで、本の〝万引き〟もあいかわらず命脈を保っているのだろうが、〝万引き〟の理由というか目的がいささかちがってきているという気配があるのだ。

かつては、インテリの中にも本の万引き経験者というのがかなり多く存在し、その理由は読みたい本に払う金がないことであり、金がないという現実よりもその本を読みたいという欲求が勝ったことによる、苦学的な行為だった。

最近テレビ番組のインタビュー場面での「天知る、地知る、人も知る」というセリフをなつかしく聞いたが、この言葉は書店の主《あるじ》が本の万引きを咎《とが》めながら言い諭すときの常套句として用いられたという印象がある。私が親しかった読書家が、昔ばなしをしながらそうつけ加えていたのを思い出す。

これは辞書を引けば、「天知る、地知る、我知る、子《なんじ》知る」などと出てきたりもする。誰も知らぬと思っていても、天地の神々は知っているし、私も君も知っている。したがって悪事はかならずあらわれるものであり、隠し事はいつか露見するものだ……との意味で、悪事や不正はいずれかならず発覚するといういかにもお説教好きの書店の主が好みそうな言葉なのだ。「後漢書」の中にもともとはわいろを断ったときのセリフとして出てくるのだという。

堅苦しい語源はともかくとして、このセリフで人を諭す書店の主には、他の万引きと本の万引きのあいだに、かすかな境界線をもうけるような古風な優しさが見えるのだ。本を好む人間に悪い奴はいないはずだという単純明快なセンスが伝わってくるというわけだ。「キミ、こういう言葉を知ってるかい」と前措きして、〽天知る、地知る……朗々と謳い上げながら説教をたれる書店の主の貌《かお》が何人も思い浮かんでくるようだ。

そして、その書店の主もまた、若き日に実際に本の万引きをしたか、あるいはその思いを必死でガマンした体験の持ち主であるかもしれぬ……そんなセンチメンタルなストーリーが思い浮かんできたりもする。

そこで現代的本の万引きについてだが、その行為の目的は、本を読みたいゆえではなく、万引きした本を転売して遊びの足しにするためというケースが多いようだ。この本の万引きの内側にある心根の様がわりは、いかにも荒涼たる精神が右往左往する今日にフィットする、つまり、「天知る、地知る、我知る、子知る」のお説教とは無縁の、まことに寂しい徴候というわけであります。

働きアリは、雄か雌か中性か

働きアリという存在があるが、その名があるからといって働きアリがすべて働く、アリであるかといえば、そうではない。仔細に観察してみると、働きアリの中には、働く働きアリと働かない働きアリがいた。そして、働く働きアリだけを集めてみれば、その集団がものすごい働きぶりを示すかといえば否、働きアリの中の何パーセントかが働かなくなってしまう。では、働かない働きアリだけを集めたら、その集団の働きぶりがゼロになるかといえばこれも否、働かない働きアリの中の何パーセントかが仕方なく働くようになる。

こんな前提から、人もアリも置かれた環境によって働いたり働かなかったりするというところへみちびき、だからエースと四番バッターだけを集めても、その野球チームが強いチームになるわけではない。あるいは、働く人間だけをひとつの部に集めたとしても、その部が活性化することにはつながらず、生物にとって環境は大いなる意味をもつという結論がみちびきだされたりもする。

したがって、人の個性など軽々に決めつけるものではなく、その人の置かれる環境によってやる気を出したりやる気が失せたりするのだから、その人に合った環境を与えるのが会社の〝人事〟のコツである……会社づとめの頃の気のきいた上司からうけたまわった、そんなご託宣に感服したことがあった。

そんなことを思い出して、最近、「蟻」を辞典で引いてみた。すると、「アリ科の昆虫の総称。体長五〜十ミリメートル。体色は黒または赤褐色で、胸部と腹部の間がくびれる。一匹の女王アリを中心に少数の雄アリと多数の働きアリが地中や樹木に巣を作り、集団生活を営む」とあり、とりたてて新しい発見もなかったのだが、「女王アリを中心に少数の雄アリと多数の働きアリ」と出ているが、一般の雌アリというのはいないのか……という、蟻の穴ほどの疑問が生じ、「働きアリ」を引いてみた。すると、

「アリ、シロアリの類で営巣、食物の採集、貯蔵、女王アリの世話、育児、食物運びなどをするもの。羽はなく、小形で生殖機能が退化した雌アリ」

と出ていて、小さな衝撃をおぼえた。「生殖機能が退化した雌アリ」という表現にである。「働きアリ」とは「生殖機能が退化した雌アリ」だったの？　というわけだ。

人間になぞらえたりするものだから、働くイメージを雄いや男に求めた件《くだん》の上司の譬《たと》え話に説得力を感じたのだったが、働きアリ＝生殖機能を失った雌という、上司よりあきらかにたしかな情報に、今になってショックを受けた。

となると、働きアリは男なのか女なのか、あるいは中性ということになるのか。そして、その働きアリという不気味な領域のアリの中には、やはり働く働きアリと働かぬ働きアリが存在するのか……これは、かつての上司のご託宣の信憑性にかかわる問題なのだ。しかし、いずれにしても遅すぎる発見だったというわけである。

六十一分三本勝負の一分とは？

〝プロレスはスポーツかショーか〟などと取沙汰された初期力道山時代、「六十一分三本勝負」という試合形式の呼び方があって、この一分は何なのだ……という議論が、プロレスに向けられたことがあった。

「本場ではそうなっている」と答えても、「本場ではなぜそうなっているのか」と切り返され、プロレス・ファンとしてはまさか「本場ではプロレスはそんなしかつめらしいスポーツではなく、ショーですから」と言うわけにもいかず、この疑問に対するプロレス側も答えに窮したはずである。

だが、天才力道山はこれに対して見事とも言えるプロレス的解答を示してくれたものだった。

「六十一分三本勝負の一分……あれは試合開始のゴングが鳴って、両レスラーがコーナーを飛び出し、リングを半周したりして中央で組み合うまでに二十秒かかる。このロスタイムの二十秒を三本勝負だから三つ足して六十秒つまり一分ということです」と、これは当時何かの雑誌に載った力道山の言葉を、私の記憶にそって組み立てた結果だが、当意即妙というか機転がきくというか、プロレスファンを安心させるに足る、きわめて力道山らしいセリフだと感心したものだった。一分がロスタイム……だからあとの六十分はもちろん真剣勝負であり死闘なのですという、プロレスの牙城を守らんとする力道山の気概もそこに見えるというあんばいだった。

そういえば、ある時期からこの〝六十一分三本勝負〟という試合形式が消え、〝六十分三本勝負〟〝六十分一本勝負〟〝時間無制限一本勝負〟などに切りかわった感がある。

そして、力道山はもちろん大相撲で関脇まで上がった力士であることを考え合わせれば、力道山のセリフの味にさらなる深みが出てくるのだ。

ゴングが鳴りコーナーを飛び出して、両者の体が触れるまでの時間なる二十秒をロスタイムと称するのであれば、大相撲の仕切り時間をロスタイムと言っているようなものなのであり、力道山の天才的セリフをためつすがめつながめれば、穴ばかりの目分量の世界のようにも見えるのだ。

だが、国技たる大相撲から、日本人にとって未知の領域であるプロレスという移入文化に身を投じた力道山が、大相撲の神秘を簡単に切り捨てることを、自らが切り拓いたプロレスという市民権のない世界の信憑性につなげたセンスを考えれば、やはり天才たる者の雰囲気を感じさせられるというものだった。

論理的説得力を問われれば心もとないのだが、力道山全盛時代にあった駄菓子屋のオバチャンが、アメ玉を入れた大瓶の中に手を突っ込んで、一人分の量をつまみ出して新聞紙でつくった袋に乱暴に放り込むあの手際に似て、何億回も秤《はかり》で計ったあげくに会得した、究極の目分量ともまごう説得力が、〝六十一分三本勝負〟の一分にまつわる力道山のセリフにはふくまれていたような気がするのだ。ま、遠いアナログ時代のオハナシではありますが。

「稽古」と「練習」と「準備」

一に稽古二に稽古三、四がなくて五に稽古……相撲に関しては、日頃の稽古が何よりも大事であることが、大相撲のテレビを観るたびに、画面に映る親方から口走られることが多い。

二〇一六年一月場所のことだったが、大関・琴奨菊が思いがけず優勝し、次は横綱だという勢いに乗って優勝お祝いの宴席が多くなり、東京ばかりでなく故郷の柳川でも結婚式を行ったことなどが話題となった。

満足に稽古はできなかったが、自分流のスタイルでストレッチや筋トレなどを導入し、筋力を鍛えてきたから大丈夫……などと横綱挑戦の場所前にコメントしていた琴奨菊の言葉に対し、解説の北の富士さんが大きく首をひねり、「それよりやっぱり稽古でしょ」とたしなめるように言っていた。

琴奨菊の初優勝後の下降線には、やはり相撲の基本は稽古なのだと納得させられ、このところの琴奨菊の好成績もまた、〝稽古が第一〟を実証している感がある。

〝稽古〟には、愚直に同じことをくり返すことの価値というイメージがあるが、辞書(大辞林)を引いてみると、まず「稽」は「考えるの意」と出ていた。どうやら「稽古」は「書物を読んで昔の事を考え、物の道理を学ぶこと」ということを含む言葉であるらしい。体で体感しつづけ頭で考え、学ぶ……というのが〝稽古〟であるとなれば、〝稽古第一〟はますます重みをもってくる。

ところで、この〝稽古〟という言葉からは和のテイストが強く伝わってくる。相撲、柔道、鼓、笛、琴、三味線、日本舞踊、小唄、端唄、落語といった世界に、きわめてフィットする言葉なのだ。これに対して〝練習〟という言葉は、テニス、バドミントン、サッカー、ラグビー、ピアノ、バイオリンなどに馴染み、相撲には馴染まぬ気がする。

そんなことを思いめぐらしているうち、サッカーの選手がよく用いる〝準備〟という言葉が浮かんできた。

私が〝準備〟という言葉に新鮮さを感じた最初は、大リーグへ転身したあとの松井秀喜の口から出たときだった。たしか、「開幕に向けて自分なりに準備はしていますので……」というようなニュアンスだった。〝準備〟はそれまで、日本のプロ野球の選手からも、松井自身からも口走られたことがなかったのではなかろうか。それまではおそらく、〝準備〟ではなく〝練習〟だったはずなのだ。

「準備」には、「あることをうまく行うために、前もって仕度すること」「物事がうまく運ぶように前もって環境や態勢などを整える」といった意があり、大人の雰囲気をもつきわめてプロ的な対応の匂いのある言葉である。

その後、日本のプロ野球選手たちも〝準備〟を用いるようになり、サッカー選手においては今や常套句となっている印象だ。

〝準備〟のはらむ〝環境〟や〝態勢〟〝対応〟という意味合いが、〝練習〟とはひと味ちがった広がりや奥行きをあらわしているのだが、英語の〝preparation〟の逆輸入という気もする。

〝稽古〟はプロの〝環境〟や〝態勢〟が整えられたシステムの中での修業であり、〝準備〟は、〝環境〟や〝態勢〟から〝個〟がつくる洋の世界のプロ的用語なのだろう……などと、唐突によみがえった琴奨菊優勝の記憶に始まって妙に理屈っぽい老人的よこばいとなってしまったが、これは本書のタイトル〝老人流〟と呼ぶには今ひとつの迷路遊びレベルのはなしであります。

引く病い

大相撲のテレビ中継を観戦するたび、かならず耳にするのが、解説者からの引きワザへのチェックだ。とくに、横綱鶴竜や稀勢の里の現役時代、あるいは大関豪栄道はたまた高安などが、これを指摘されることが多い。引きワザはいわば相撲のテクニックのひとつであり反則ではないのだが、なるべくそのクセを身につけぬ方がよろしい……というのは、いかにも大相撲らしい忠告ではなかろうか。そして、引きワザは〝引くクセ〟へと力士をみちびき、やがてそのクセが個性となって凝りかたまってしまうかのようで、いったん身についた力士の〝引きワザ〟のクセは、何度苦言を向けられても容易には直らない。

引きワザは、横綱や大関にはふさわしからぬと、解説者たる大相撲出身の親方たらは主張する。そして、横綱や大関には、下位の力士の突進をまともに受け、その上で力の差を見せて勝ってほしいと希《ねが》うのは、大方の相撲ファンも同じであろう。つまり、〝引きワザ〟は上位の力士にふさわしからぬという考え方であって、一般的な大相撲ファンである私などもそう感じているところだ。

ただ、引退した豪風や安美錦などが引きワザを土俵上で披露したケースでは、ある意味での頭脳的苦肉の策として、解説者もファンもこれに目クジラを立てることなく納得し、むしろ感心したりもしたものだった。しかし、これから上位を目指すべき朝乃山や豊山あるいは北勝富士などがこれを駆使すると、将来のために望ましからぬと苦言を呈される。

禁じ手ではなくワザのひとつとしてみとめられている引きワザへの角度には、大相撲らしい柔軟な価値観があらわれていると言えるだろう。先に引退した嘉風が激しい展開の中でこの引きワザをあざやかに決めたりすれば、むしろファンの目に「お見事！」と映るわけで、日本の文化とリンクしたファジーな一面が、引きワザへの親方やファンの共通的大相撲観から立ちのぼってくるのである。

そしてこの引きワザ、土俵上で何度か実践して味をしめると、やがて引くクセとなり、あげくの果てに〝引く病い〟となってしまうところが厄介なのだ。

引きワザがあざやかに決まるシーンは、ある意味で派手で見栄えのする結着ぶりでもあり、会場には拍手がわきテレビの前のファンに手を叩いてよろこばれるおいしい場面でもある。何も歯を喰いしばって前へ出なくとも、簡単に省エネで勝利を手にできる。

楽に勝つ……この快感は人間の業（相撲のワザではなくサガ）とも結びついていて、いったん身につくと宿痾《しゅくあ》として力士の中で、引きワザ→引くクセ→引く病いといったふうに肥大化してゆく。さらに、この引く病いの肥大化という展開は、相撲以外の世界にも蔓延しているはずだ。私はどうなのか？　もちろん引く病いの権化みたいなタイプである。それゆえ、せめて大相撲の土俵くらいは、自分の病いとは別格の営々たる真剣勝負を希《のぞ》みたいという、まことに都合のよいお話なわけであります。

「パシュート」への匍匐前進

二〇一八年の平昌オリンピックのテレビ観戦にいそしんだあと、高木菜那・美帆姉妹の大活躍のおかげもあってにわかに評判となった「パシュート」という呼称の意味を求めるため、まず辞書を引いてみた。しかし、耳におぼえのなかったこの競技名の解説が、一般的な辞書にすんなりと出ているはずもなかった。

それならばとばかり、「パ」という言葉を同じ辞書に求めてみると、フランス語の「パ」(pas)の項に〝歩みの意〟として、「バレエで、からだの重みが一方の足から他方の足に移る動き。ステップ。また踊り」と出ていた。何となくスピードスケートの動きとかさなる気がするものの、これでは「パシュート」の輪郭を伝える言葉と言えそうもない。

そこでまたもや同じ辞書で「シュート」(shoot)を引いてみると、「野球で投手の投球が投手の方から見て、右投手なら右へ曲がること。シュート・ボール」などとあったが、ここには「日本だけの用語」とつけ加えられていた。

そういえば、かつてはプロ野球大洋、平松政次投手の〝かみそりシュート〟が神秘的だったし、南海の下手投げ、杉浦忠投手のシュートが評判になったりもしたものだったが、これはナイトゲームをナイターと呼ぶがごとく、日本だけに通用する言葉で、アメリカでの呼称とはちがうということになり、今ではシュートは死語同様になっていることに気づいた。投げた側へ曲がるあのボールを今何と呼ぶのだろう、打者に喰い込んでくる〝インドア〟というのがそれに当たるのか?

「シュート」には、日本のみの野球用語としての解説のほかに、「バスケットボール、サッカー、ホッケーなどで、ゴールをねらって球を投げたり蹴ったり打ったりすること」の意があり、五輪のパシュートのイメージに少し近づいたと思っていると、次に「木の幹や根元からながくのび出る枝」という意に出くわした。これにフランス語の「パ」の意味のひとつである「バレエで、からだの重みが一方の足から他方の足に移る動き。ステップ」をかさね合わせたあげく、そこから〝バレエ〟を強引に取っ払ってみた。

すると、体の重心を交互に移しながらステップを踏み、一本の木の幹からながくのび出る枝のようにゆれ動きつつ、ゴールへ向かって突進するというけしきが目に浮かび、平昌オリンピックにおけるあのパシュート日本チームの一糸乱れぬ〝ワンライン〟のあざやかさにも通じてくるような気がしてきた。

喉に突き刺さった魚の骨が取れたようなこの気分を誰かに伝えようと、この「パシュート」への自己流解釈を博覧強記と折紙つきの物知りに電話で伝えてみた。すると、

「あのね、パシュートは英語の〝pursuit〟で、追求とか探求とか追いかけるとか追跡するという意味。あの競技の特徴が出てるだろ」

と、私が匍匐《ほふく》前進したあげく絞り出した解読にはいっさい触れることのない正解が機嫌よく返ってきたものだった。それでも、私の頭にはまだ〝ゆれ動く一本の枝〟の説得力がそこはかとなくただよっているのであります。

野茂から大谷へ

大谷翔平の颯爽たるメジャー・デビューによって、ついに〝和風〟が乗りこえられたという思いがわいたものだった。

かつて、野茂英雄投手がメジャー・リーグに挑戦したときの物腰は、その後のメジャー転出選手とはまったく別物のイメージだった。あれは、水平線の彼方が大瀑布になっていると信じられている時代に、小舟で海へ漕ぎ出した大和魂という感じで、あきらかに〝和〟の決断と勇気を背負うチャレンジだった。

それ以前にも、村上雅則投手の大リーグでの活躍はあったが、野茂投手の場合はそれとはレベルがちがい、お墨付きの日本のエースがメジャーに通用するか否かが問われる、日本の野球の価値を問うための目玉商品だったのだ。

では、野茂投手のメジャーでの大成功で、水平線の向こう側の大瀑布が消えたかといえば否、野茂の成果は野茂個人の成果、日本の野球のレベルが通用したと直にはつながらなかったはずだ。

ただ、フォークボールを使いこなせばメジャーにも通用するらしいという手応えが野茂によってもたらされたのはたしかで、佐々木主浩、伊良部秀輝、長谷川滋利、石井一久、大家友和、斎藤隆……そしてあえて言えば松坂大輔も野茂物語の系譜に組み入れられるのではなかろうか。

そこへ、巧打者という新たなる角度からの挑戦を実現し、大成果をあげたのがイチロー選手だった。日本人選手の打撃でのメジャー挑戦はまだ白紙だったのだ。忍者のテクニックを思わせるようなイチロー選手の縦横無尽の大活躍は、体が小さい日本人の技倆がメジャー・リーグで充分に通用することを証明した。そのイチローのながれに沿ってメジャー・リーグへと転出した松井稼頭央、井口資仁、岩村明憲、福留孝介といった野手たちもまた、イチローには及ばぬもののそれなりの活躍を示したと言えよう。

松井秀喜選手は、そのようなながれとは少しちがって、野茂英雄に通じる冒険をともなって、メジャー・リーグに登場した。松井選手の特殊性と大いなる価値は、日本の強打者がメジャーの強打者たり得るかという命題を背負っていた点にあり、日本のメジャー・巨人からアメリカのメジャー・ヤンキースへという移行にも、その背負うものの重みが感じられた。

そして、松井秀喜は野茂が切り拓いた〝和〟の魂の価値を、メジャー・リーグの中で充分に証明して見せた。日本時代からかかえていたヒザの故障やメジャーで負った手首の骨折が、その大輪の破格の開花の行方を閉じさせたが、そのこともふくめて〝和〟のスラッガーたる松井秀喜の存在感をメジャーに残したのはあきらかだろう。

ここまでがつまり〝和〟のものがたりということになるのではなかろうか。

そして、二〇一八年の大谷翔平の二刀流をたずさえての鮮やかなメジャー・デビューは、実力者、スター、アイドルの枠をも、〝和〟という色彩をも溶かしてしまった。野茂投手以来の水平線の向こう側の大瀑布たるメジャー・リーグと、日本人選手がようやく〝和〟の衣抜きに、〝挑戦〟気分を超えて対等にベースボールを楽しんでいる。

肘の手術の影響で、デビュー年も今年も、大谷翔平選手にとっては未消化な状態がつづいたが、そこに先細りのイメージはまったく感じられない。来季もまた、プロのファンとミーハー的にわかファンの両方を満足させる、予想外の姿をとどけてくれるにちがいない。このように、私を妙に真面目にさせるのも、大谷効果のひとつということなのだろう。私は今、かつて松井秀喜の出る試合をほとんどテレビ観戦したときに似た気分で、メジャー・リーグ中継を楽しんでいるのであります。

無駄なスライディングの輝き

長嶋茂雄が、一年目にしてホームランと打点の二冠王となり、プロ野球の人気を一気に盛り上げたのはよく語られることであり、初対決の金田正一投手に四打席連続空振り三振に切って取られた壮快さとともに、大スター長嶋の伝説的記録となって残っている。空振りの三振で大人気……これが長嶋選手特有の魅力だった。負の札を正の札に引っくり返す手品……とでも言うのだろうか。

その意味で、長嶋選手の巨人入団一年目における場面の中で、私の目に灼さついているもうひとつのシーンがある。それは、この年の日本シリーズ最終戦における、長嶋選手最後の打席で打ったランニング・ホームランでの本塁突入のシーンである。

あの〝三原魔術〟とも〝神サマ仏サマ稲尾サマ〟とも言われた伝説の日本シリーズ

は、三原采配の妙によって、三連勝した巨人を逆転して西鉄が日本一に輝いて終わった。

巨人にとっては、三原マジックと鉄腕稲尾に翻弄されたイメージの日本シリーズの幕の閉じ方だったが、私は最後の最後で、まことに贅沢な場面を味わうことができたのだった。

最終回、得点は西鉄が大きくリードしていた。もはや逆転のないながれの中で、巨人ファンは居心地わるい気分で見守っていたにちがいない。

最終打席での長嶋の打球が右中間寄りへ飛んだ。西鉄のセンター高倉は、ノーバウンドでこれを捕ろうとしたのかいきおいよく突っ込んだ。だが、打球はそのグローブの先をこえて右中間へ転々、打者の長嶋は一塁から二塁、二塁から三塁、そして三塁から本塁へと激走し、ホームベースへと猛烈なスライディングを決めた。巨人ファンは、ドタン場でとりあえず見たい絵柄を見たことに納得し、三勝して四連敗した優勝をさらわれた悔しさを、ほんの少しなぐさめられる心情にひたったはずだ。

ホームへ滑り込んだ長嶋は、ユニホームのほこりを払い、誰も出迎えることのない巨人軍ベンチへ向かって走って行った。来季の長嶋は期待できる！　という確信くらいが、巨人ファンのなぐさめではなかったか。私も、そんな感情で見守ったファンの一人だった。

ところが、このシーンを何度かテレビで見返すうち、長嶋が激しすぎるスライディングをしたホームベースには、守る西鉄の選手が誰もいなかったことに気づいた。西鉄の日比野捕手はホームでタッチする気などさらさらなく、次の打者に向けての投球について指示すべくピッチャーに向かってゆっくり歩いていることを私はテレビ正面で確認した。そして、誰もいないホームベースへ激しすぎるスライディングをした長嶋選手の、比類ないファンへのサービス精神をかみしめたものであった。あの無駄なスライディングこそ、負の札を正の札に引っくり返す長嶋流のプロ魂の輝きの助走だったにちがいないのである。

気配を道連れに歩く

　迷宮入り寸前の未解決事件というケースが、時おりマスコミの取り沙汰するところとなるのだが、こんな報道に接するたび、私は人の気配という存在に気がいくのである。

　最近の犯罪では、防犯カメラが重要な手がかりとなるケースが多い。指紋、声紋、歩行などの科捜研的な分析・解明も顕著なのだが、〝気配〟による鑑定はどうだろう、というわけだ。

　人というもの、腕時計を確認する仕種も千差万別。切符の買い方、新聞の読み方、吊り革のつかまり方、眼鏡の拭き方、コーヒー・カップのつまみ方、お酌の仕方、宅配便の開け方、水溜りの跳びこえ方……このような要素にからむ気配をもとに犯人を割り出すというケースを想像すれば、水上勉『飢餓海峡』や松本清張『点と線』に登場する古風な刑事が思い浮かび、現代の最先端をゆく捜査法とは別世界のイメージだ。そして、それらの仕種や動作のまた奥に存在するのが〝人の気配〟であるからして、気配による探索はさらなる古風ということになるのだろう。

国枝史郎という伝奇作家の『神州纐纈城《こうけつじょう》』は、いっとき熟読したものだったが、この作品の中に人の背中の気配に関する指摘が出てくる。仇討を逃れるため顔を完璧に整形し、仇を討とうとする相手とすれちがっても分からぬほどに変貌した男が、そのうしろ姿の気配のみによってつけ回されるというシーンである。顔は別人だが、ふとふり返って見るうしろ姿の発している気配はまぎれもなき仇のもの。しかし追いかけて顔を向けさせればあきらかな別人……この矛盾した印象が、けっきょく気配のあとを追わせる効果につながってしまう。つまり、仇は己れの気配を追われるというわけなのだが、人の気配はやはり消すことができぬのではなかろうか。

今、第何度目かの物真似ブーム、いやモノマネ・ブームの様相を呈しているが、最近のモノマネぶりの中には、百面相のように顔を真似るのではなく、その人の気配のモノマネといった流派がある。人の輪郭よりも、人からかもし出される気配を鋭く嗅ぎ取り、その気配を巧みに再構成するゲームが、その流派のモノマネの軸を成しているというふうなのだ。そこで、蒸発人間や行方不明の捜査にも、あの非人間的なモンタージュ写真や似顔絵よりも、このモノマネによる気配の炙り出しを導入してみたらどうだろうかというわけである。

日本国に統治された時代をもつ台湾の人々が、その後に統治者となった大陸人（外省人＝蒋介石とともに大陸から逃れてやって来た中国人）と日本人、そして台湾人とを区別するさいの鑑定は、それぞれの人のふり返り方や歩き方から立ちのぼる気配による分別法であったという話を聞いたことがある。その気配の鋭い嗅ぎ取り力は、他者に〝統治される〟という代価として得た、台湾の人々の悲しい武器であったかもしれぬのだが……と、思いをめぐらせつつ歩いていた私は、ふとうしろに人の視線の気配を感じ、しばらくはその気配への怯えを道連れに用心深い足どりで歩いていたのだった。だが、そのとき私が放っている気配は、どのような色に染められていたのだろうか。

第三章　「最近、お客が減って寂しいのさ」

宿痾のカンニング癖

静岡市の清水区（当時は清水市）において、小学校入学から高校卒業にいたるまで祖母の手に育てられた私は、いわゆる戦後的な料理とは縁遠い、日本人の食生活のべクトルにあった、庶民的というか底辺的というか、戦前を引きずったような食卓によって育った。料理というよりご飯とおかずという方が近い焼いた青魚、とびきり辛い塩鮭、きんぴらごぼう、ゴマ塩……四つ目にゴマ塩が出てくるあたりが象徴的ともいうべき素朴なおかずで御飯を食べるというスタイル。貧しいというのではなかったが、まことに簡単な食事のスタイルでありました。

その清水から、学校の休暇のとき遊びに行った東京の親戚の家のオバサンに、「好きなものは何？」とたずねられ、「シャケ！」と即答してその家の家族や子供たちに笑われた反応には、今では理解できるが当時は面喰らったものだった。

　大学時代は東京での下宿生活だったが、下宿のオバサンが出してくれたハンバーグの上に目玉焼が乗っかったのや、ラーメン屋のカレーライスいやさライスカレー、あるいはパチンコで獲った景品のクジラの大和煮なんぞに、新鮮なおどろきを感じる毎日。オバサンにとっては、慶應ボーイに似合わぬやりやすい下宿人と思われていたにちがいなかった。

　そんな時間をすごしてきた私が、大学を卒業してしかつめらしい出版社へ入り、十九年近くも編集者というものをこなしているうち、けっこういろんな店へも出入りし、味覚についてのゴタクをならべるようなタイプになっていった。すなわち、カンニングの連続といった日々だったのだ。

　それでもとりあえずは結婚をし、会社をやめて物書きとなると、これまた仕事の関係でそれなりの店へも出入りするようになり、とっくに私の正体を見破っているはずのカミさんが、「ウチノヒトは、味にうるさくて……」なんぞと、誰かとの電話で口走るのを聞き、ちょいと腋の下に汗が滲んだりしたものだった。そのカミさんが、あるとき三日ばかり入院した。何でも、カキの食べすぎによる中毒症状らしく、俺も俺だがカミさんもカミさんだと悦に入ったりもした。

そして、カミさんが入院し、ひとり暮らしになったとき、ふっと妙になつかしく思い出したのが、かつてパチンコの景品で味わったクジラの大和煮の味だった。酒屋で買って帰ったクジラの大和煮は、昔と少しも変わらぬたたずまい、その分《ぶん》をわきまえた姿勢のけなげさにそそられたものだ。

ワインのコルクを抜くソムリエのように眉間にシワをよせた私は、ゆっくりとおごそかな缶切りさばきでクジラの大和煮の缶詰を開け、ギザギザに反り返った缶詰のフタの周囲の神秘的な模様をいとおしげにながめ入った。そのとき、かたわらの電話が鳴った（ハイ、床の上に置いた卓上電話でございます）。電話の用件は、料理記事の取材だった。

「そろそろ、今どきはスルメイカですかね」

私は、ヤリイカとコウイカとスルメイカの旬《しゅん》について、食通っぽく語って電話を切り、おもむろにクジラの缶詰に箸をもっていったものだった。

ボク、指が猫舌なんですよ

小料理屋のカウンターの隅の席でチビリチビリやっていると、若造りだが老齢と察することのできる紳士と、老眼らしいメガネをかけてはいるが妙齢のなまめかしさを残した婦人の二人連れが、となりへ陣取った。

「熱燗！　熱燗がいいですよね、季節ですから」

と婦人が言い、

「そうね、熱燗……ま、熱燗かな」

と紳士がうなずく。両者のあいだに熱燗の日本酒への微妙な温度差があった。紳士が、

「日本酒もいいいんだけれど、一番はワインで次がシャンパンですね、ボクは」

と言うと、

「そうね、ワインは大好き、シャンパンもおいしいですよね。つまり、醸造酒ってことですから」

「そうか……シャンパンもフランスのシャンパーニュ地方の発泡性ワインってわけだから、そういうことになりますかね」

「でも、相性ですよね。ここは日本料理だから日本酒が合うんじゃないかしら。それにこの季節だし、熱燗が」

「そう、この季節だから……熱燗になりますか」

「熱燗ください！」

紳士の言葉にふたたび熱燗への温度差があらわれたとき、婦人はこのままではきりがない……とばかり、熱燗を注文した。

「熱燗の程度は？」

店の主人が、そうきくと婦人は間髪を入れずという感じで言った。

「ぐらぐらの熱燗で！　あの、よく日本酒をチンして出したりするお店があるでしょ。

あのチンをしたお燗って、すぐ冷めちゃうんですよね」

「はあ、チンはつまり、温めながら酒が溶け合っていくという過程がないですから
ね」

「でも、日本酒ってどんな料理にも合いますよね」

「どんな料理？　うーん、日本酒とチーズはどうですか」

「ちょっと合わないかも。でも、やってみたら日本酒とあの匂いの濃いウォッシュ・

チーズとが意外に相性がよかったりして」

「でも、シャンパンだってけっこう相性をこなしますからね」

「豚汁《とんじる》とシャンパンは？」

「ほう、考えましたねえ」

そんなやりとりをしているうち、ぐらぐらの燗が出てきた。

それを手に取ろうとする婦人を制して、

「いやいや、まずはお酌を」

と、徳利をつまんだとたん、小さな悲鳴が紳士の口からもれ、あわてて指先を引っ

込めた。

「実はボク、指が猫舌なんですよ」

そう言って気まずい笑いを浮かべた紳士にかまわず、婦人は悠然と徳利をつまみ上げ、

「どーぞ！」

と紳士の盃に酌をした。独り酒の私の喉の奥に、このカップルの温度差、今夜はどんなふうに展開されていくのかな……というセリフが心地よく浮き沈みしたものだった。

ウナギは瞬きするのか？

あるとき、ある居酒屋のトイレにいた私の耳に老人らしくしわがれた「ウナギは瞬《まばた》きするのかねぇ、瞬きを！」といらだたしげに強調した声が耳にとどいてきた。そして、これまで考えたことのないそのこだわりのアングルに意表を突かれたものだった。耳にとどいた疑問自体が、私にとって新鮮だったのである。

私は、トイレを出て席へ戻るや、さっきの声がどのあたりの客から発せられたのか探るべく、けっこう混んでいた客の中に見当をつけようとしたが、声の主らしい老人はすでに店から姿を消しているようだった。そして私は、ウナギが瞬きするや否やの答えもつかぬまま、奇妙な気分で店を出た。

その後の数日間、私の頭の中でこの老人のしわがれ声がくり返されていた。それは、まるでギリシャ悲劇の主人公が神から与えられた謎かけ言葉のごとくひびき、その答えはぜひ自分が解明せねばならぬような気分にひたらされた。

私は、まず行きつけのうなぎ屋へ行き、この件についてたずねてみたが、

「あのね、そんなこと考えてたら、ウナギはさばけませんよ」

とあしらわれた。そりゃそうだ、毎日商売としてウナギをさばいている職人が、それを考えたら手がとまってしまうにちがいない。たずねる相手をまちがえたと後悔した私は、次に眼科の医師にその話を向けてみた。瞬きだから眼科医……これまた短絡的な選択だったが、ウナギの眼なんぞに神経を向けていては自分の患者の眼に向かう神経がなまるというものにはちがいなく、やはりありきたりの答えしか返ってこなかった。

そもそも瞬きというものは、眼球が乾燥したり塵埃《じんあい》が入ったりしたときに、眼球に潤いを与えるためにすることであり、水中に棲んでいるウナギは当然、瞬きを必要としないゆえにウナギは瞬きしないだろう……それが眼科医の学識的な回答で、まあ、そのあたりを、終着点として、この件を忘れようかと思うことにしたつもりだった。

ところがある日、件《くだん》のうなぎ屋を再訪してみると、親方が待ちかまえていたように、

「あの件ですがね、知り合いの住職に聞きましたらね、木魚《もくぎょ》ってものがあるでしょ……」

と身を乗り出した。つまり、読経のさいにポクポク叩くあの楽器というか代物に、なぜ木魚なる名前がついているかといえば、四六時中瞬きもせず眼を開いている魚のように、仏教の修行に集中せよと言う教えにもとづいてのことだというのだ。

なるほど……と私は、膝を叩いて大いに満足し、この答えをぜひあの居酒屋の客たる老人に教えてやろうと思いかけ、老人が何者なるかも不明のまま姿を消されていることにあらためて気づいた。私は、数日間、その老人らしいしわがれ声のご託宣にもてあそばれ、ギリシャ悲劇の主人公気分で右往左往させられたのだったが、その右往左往は、〝老人流〟に爪のかからぬ私にとって、けっこう充実感にみちたものであった。

ソバメシにドロを塗る

作家になりたての頃、ローアングルという視座に凝ったことがあった。ローアングルは〝撮影の際、低い位置から見上げる視角〟のことであり、つまりカメラ・アングルについての用語からくる言葉だ。映画全盛時代の巨匠監督の一人である小津安二郎の画面づくりの特徴がすぐに想起されるのだろうが、私のローアングルは、もちろん小津作品の落ち着きとは正反対のせこいせこい領域のハナシであります。

私には、自分は『私、プロレスの味方です』でデビューした物書きであるというこだわりがあり、一般世間の秩序から外れた価値観に目を凝らすという自負めいたものを道連れに作家稼業をこなしてきた気分もある。つまり、一般的な価値観によるアングルを禁じ手としているようなかまえがあったとも言えるだろう。

そんな時節に、東京の自宅を建て替えるため、四カ月ばかり神戸に仮住居をしていたことがあった。神戸といえば、京都とはひと味ちがう洋風の高級感がただよい、シャレコウベなどと呼ばれることにうなずく雰囲気をもつ大人びてシャレた街という印象があった。

したがって、神戸の高級感や上等感やシャレた空気に馴染んではならぬと思い決め、それならなぜ大阪の庶民的なエリアを選ばぬかとも呟きつつ、ローアングルのポーズによって仮住居を決めた。

その仮住居の四カ月を、私はつとめてグレードの高い神戸ではなく、そこに息づく庶民的空気に馴染もうと、ローアングルの姿勢ですごした。食べ物についても、著名な芦屋の洋菓子店や三ノ宮の炭火ステーキ屋などは避け、人に教えられたお好み焼屋のソバメシなどに親しんで店へ通うことにいそしんだものだった。

ソバメシとは、お好み焼屋で出るメニューの一種なのだが、タコや野菜などの具のない、ソバとメシだけを混ぜて鉄板で焼き、これをお好み焼用のコテですくって口へもって行く。ま、ラーメン・ライスのドライ・バージョン的な食べ物であり、私はこの逸品を、神戸仮住いの初日にある神戸人から教わった。

そのソバメシに〝ドロ〟を塗って食べるのだが、〝ドロ〟とはお好み焼用のいちばん辛いソースのことだった。ソバメシにドロを塗って食べる……これぞまさにローアングルの神戸篇だと、仮住いの初日から悦に入り、そのあとジャズのライブハウスで少し飲んで借りたマンションへ帰ったのだったが、そこでは、明りと暖房のない部屋が私を待っていた。

私は、マンションを借りたものの、机も椅子も電気スタンドもガス・ストーブもガス・コンロも冷蔵庫も、カーテンも掃除機もすべてリース屋からレンタルで借りるスタイル、つまりローアングルに徹していたのだが、ガス・ストーブは故障していたし、電球を買うのを忘れてもいたのだった。

そこで仕方なく、明りと暖房のない部屋に敷いたフトンの中で、かい巻きがわりのPコートに袖を通し、寒さゆえの途切れ途切れの睡眠を味わいながら、ローアングルの神戸って最高！　と負け惜しみのうめき声をあげたものでありました。

ハゼのキモの天ぷら

食通の人ならば、常に味わうのが〝幻の味〟なのだろうが、好き嫌いもなく、味覚の上下を峻別する感覚も持ち合わせぬ私にも、〝幻の味〟の体験といえる記憶がひとつくらいは残っている。

それが、今は店がなくなったという噂を聞き、オヤジさんの年齢からそれも無理のない話だと、再訪をあきらめた、浜松の駅近くの小路にあった「天八」というきわめて小体《こてい》な天ぷら屋での体験だった。

「天八」のオヤジさんは十二歳で浜松の天ぷら屋に見習いで入り、そこで、天ぷらとウナギの修業を五年。さらに日本料理の修業を三年こなしたという。

それから徴兵されたが、終戦後すぐに店を持ち、以来、ずっと天ぷら一筋に歩んできたという経歴の持ち主。

二十年ほど前に、七十半ばと聞いたから、オヤジさん自体が〝幻の味〟の領域に入るとも言えるお方だった。

そんな店の、かつての記憶からは、エビ、ヒラメ、カキ、シイタケ、アスパラ、そして、かき揚げとともに断トツの一番味として、ハゼが立ち上がってくる。浜松という土地柄、「天八」の素材はすべて、浜名湖でとれるものなのだが、ハゼの刺し身とキモの天ぷらは絶品だった。

「天八」のハゼのキモの天ぷらの旨さを東京の行きつけの店のご主人であるSさんに伝えてみると、さっそくやってみると、意欲ありげにうなずいた。

この店では、季節にはハゼの刺し身を出していたので、Sさんは自分流のキモの天ぷらを試みようと思ったのだろう。

ところが、しばらくして行ってみると、ハゼのキモを天ぷらにして試食してみたのだが、ついにあきらめたとSさんは眉を寄せた。

その理由は、東京湾のハゼはその身を刺し身にすれば旨いのだが、キモを天ぷらにして揚げると、重油のにおいがにじみ出てきて駄目だということだった。

刺し身では食べられるが、天ぷらにすると駄目……熱を通してあるから大丈夫などというセリフに馴らされている素人の私にとっては、そのなりゆきも面白く感じられた。

そして、「私なんかは、浜名湖の水のおかげで商売できているわけでしてね」と、「天八」の味をほめたときに返ってくるさりげないセリフとともにオヤジさんの自信顔がうかんだものだった。

オヤジさんにとっては〝当たり前〟のことなのだが、その〝当たり前〟への感謝もまた、そのセリフには込められていたはずである。

年齢をかさねるにつれて、時がたつのがやけに早くなり、「天八」とご無沙汰しているうち、ついにその味が今や〝幻〟となってしまったというわけだが、喪失感よりも、むしろ体験した醍醐味《だいごみ》の方が強く感じられるところにもまた、「天八」の値打ちの奥行きがかかわっているということになるのだろう。

それにしても、大げさなかまえとはほど遠い、やわらかい衣で客をつつみ込む、オヤジさんのあの自然体の姿かたち、たたずまいそのものが、すでにして天ぷらの醍醐味とかさなっていたのだから、天の配剤とも言える、浜名湖と坊さんの衣を着せたら似合いそうな「天八」のオヤジさんの組み合わせの妙としか言いようがないのである。

てんぷら遊び

鮨ネタの価値に栄枯盛衰があるように、〝てんぷら〟というジャンルにも変遷するものがたりがあるようだ。鮨における横綱の座をながく保っている鮪の特上のトロにしても、〝てんぷら〟という領域においては歯牙にもかけられぬ素材であり、このあたりにそれぞれのジャンルにおける値打ちがくっきりとあらわれて面白い。

そもそも〝てんぷら〟は天麩羅とも書くが、その語源については諸説あって山東京伝なんぞもからんでくるらしいが、どうやら定説はないようだ。とりあえず外来語から転じたという説が強く、〝調理〟を意味するポルトガル語〝tempero〟から転じたという説や、獣鳥肉を用いない精進料理であるから寺院すなわち〝templo〟（ポルトガル語・スペイン語）の料理という意味から転じたという説などがあるが、どれが正しいと決めるのはヤボ、それぞれの説を宙に浮かせておきたい気分だ。昔の都々逸《どどいつ》の名作「白だ黒だと喧嘩はおよし白という字も墨で書く」にならって、あいまいを楽しみたいのココロであります。

東京の〝てんぷら〟はごま油を用いて高温で揚げ、表面が少し焦げるくらいに揚げるスタイル、関西では薄衣《うすごろも》をつけサラダ油を用いて淡白に揚げるスタイルと言われ、最近は関西式が一般化して、東京風の店は稀れとなってきているらしい。

ただ、ごま油とサラダ油をミックスさせるケースもふえてきたようだし、天汁《てんつゆ》で食べるのが常識の時代から、レモン汁と塩、挽き茶に塩といったセンスが歓迎される時代ともなって、なつかしさで天汁を忘れまいとするタイプも根強いというから、それぞれのスタイルのいいとこ取りの時代であるのかもしれない。

さて〝てんぷら〟のネタに話を戻せば、エビ、キス、ハゼ、メゴチ、イカ、貝柱、小鮎、ワカサギ、ギンポなどが、どうやら〝てんぷら〟に欠かすことのできぬ素材ということになる。あまり大きい魚や赤身の魚は使わないし、野菜でもサツマイモ、ミツバ、シイタケ、ゴボウ、蓮根、ニンジン、ナス、シソなどを用いるが、大根などの水分の多いものは〝てんぷら〟の具材からは外されるのが普通だ。

だが、変わり揚げなど衣に工夫をこらしたもの、揚げ方の変化、それに素材の拡大などによって〝てんぷら〟というジャンルのけしきも、次々と様がわりをしているようだ。つまり、定番外の〝てんぷら〟が次々と客の前に供される時代の到来とも言えそうなのだ。

この数年で私が感動した〝てんぷら〟のニューフェイスは、ある店で出された栃木産の田芹《たぜり》を揚げたやつと、まったく別の店で味わった酒粕の〝てんぷら〟の旨さだった。田芹の〝てんぷら〟の食感はちょいとばかり幻想的で、仙人が霞を食う境地への連想をそそのかされ、酒粕の〝てんぷら〟の芳香からは、酒仙の極上の酩酊にわが身をなぞらえて愉しんだ。衣という存在に、仙人の世界へといざなわれたのだろうか。

そして、季語はそれぞれの素材によるのだろうが、私はなぜか夏になると天麩羅屋のノレンを思い浮かべるのである。

うらやましいアルバイト

かなり前のことになるが、札幌在住の友人であるKさんのオフィスに冬靴を預けておくほど、足しげく札幌へ通った時期があった。冬靴とは、雪国たる札幌における雪用の滑り止めをほどこした靴のことで、これを履けば雪の上を歩くとき滑って転ぶのを防げるという、雪どころ札幌らしい雪靴のことである。

Kさんの親しい友であった、札幌のマンモスキャバレーの専務であるHさんの案内で街を歩くことが多かったが、なまじ冬靴を履いているというので油断して滑ったり転んだりするケースが多く、KさんとHさんのあざやかな雪道の歩き方を見て、冬靴で歩くのにもプロとアマの差があると痛感させられたものだった。

そのHさんの知り合いであったY氏とともに飲み歩くこともあったが、やがてHさんの紹介で酒好きのY氏はきわめてうらやましいアルバイトを始めた。Hさんが専務をつとめる大キャバレーの傘下でいくつかの店がオープンしたのだが、その新しい店のホステスの調達がY氏のアルバイトだった。Y氏は酒好きでも女性好きでもあり、Y氏をこのアルバイトに選択するところからは、Hさんらしい鋭いセンスが伝わってきた。

Y氏は、夕方近くなるとひとり暮らしのアパートを出て街へ出かける。そして適当に選んだクラブやキャバレーや居酒屋に入って酒を飲む。Y氏の役目は、そこで働くこれはと思う店の女性に目をつけて、手帳に店と女性の名を記しておき、それを一週間に一度ずつHさんに報告することだった。店側の目から見て単なる客のイメージをはみ出さないことが、Y氏が守るべき唯一の鉄則だった。

そして、その報告を手がかりにHさんの手の者が店へ出向き、女性を見定めた上で外へ呼び出してHさんがかかわる新しい店への勧誘をし、場合によってはその女性を働いていた店から引き抜くという段取りとなる。Yさんの役目は、いわゆる〝引き抜き〟の手前まで。ただ店で酒を飲み女性の品定めをするという、何ともうらやましいアルバイトなのだ。もちろん店の勘定はHさん持ちだ。

「いや、これはなかなか長つづきするもんじゃありませんよ……」

Hさんは、あるときうらやましげな私を咎《とが》めるように言った。

「実は、そろそろY氏にこの仕事をやめてもらう潮どきだと思っているんですよ」

「潮どき……」

「ちょっとね、行く店が限定されてきたもので。やっぱり、好きな女性のところへ何度も通うようになるんですね。金はワタシの方で払うんだからそれができる」

「なるほど……」

「それにね、毎日別な店で何軒も飲むっていうのは、けっこうしんどいんですね」

「はあ……そこで、好きな女のいる好きな店だけへ通うことになる……」

「だからね、三カ月が限度。何しろワタシへの報告が義務ですから」

「だから潮どき……」

そう言われたとたん、あれほどうらやましいと感じたアルバイトをこなすY氏に同情したくなった。それにしても、Hさんはこのアルバイトの件を、私には一度もすすめたことがなかった。私にやらせても、同じ店の同じ女性のところへいつまでも通うばかりでなく、アルバイトとしての報告の義務も三日坊主にちがいないと、プロ中のプロたるHさんはとっくに、冬靴を履いても滑っては転ぶことをくり返す私の特質を見切っていたのであります。

「最近、お客が減って寂しいのさ」

北海道・小樽駅の向かい側の路を入ったところにあったキャバレー「現代」がなくなってかなりの歳月がたっている。そして、時がたつほどにこの店のなつかしい思い出が具体性をおび、くっきりとよみがえることが多い。

店がまえは、巨大な日本家屋と言ってよく、しっかりした石の門の内側に庭木があって石灯籠がある。格子窓にすりガラスがはまっているのだが、そこに内側からピンクの照明のゆらめきが透けて見えるところから、何となく酒を飲む店と感じることができるが、屋根が社《やしろ》のような造りで玄関が堂々とセリ出したありさまからは、どこか銭湯を思い浮かべさせられる雰囲気だ。ただ、ピンクのあかりのゆらめきは銭湯に馴染まず、あるいは新興宗教の小樽支部かなどと思いかけて、石の門にかかった木の看板に、煤けた文字で「キャバレー現代」と書かれていることに気づいた。

恐るおそる入ってみると、中は意外に広く、吹き抜けとなった天井にミラーボールがぶら下がっていて、これが外からすりガラスを透して見えたピンクのあかりの正体かと腑に落ちた。

バンドマンやミュージシャンというより楽隊という感じの三人が、「湖畔の宿」や「水色のワルツ」「上海帰りのリル」「上海ブルース」などを演奏し、二、三組の男女がフロアでダンスをしていた。うしろの方に立って客を待ち受ける五人の女性のシルエットが、逆光の中で人形のごとくモコモコとした輪郭を見せている。

あとで知ったが、この建物は一九四八年に進駐軍用のビヤホールとして開店し、のちにキャバレーとしてお色直しをしたのだが、全盛期には約五十人のホステスが働き、地元の名士が集う盛り場だったようだ。私が最初に行ったときも、二十人ほどのホステスがいたがいずれもかなりの高齢者、ドレスがモコモコとしているのは彼女たちの体形に合わせて作った衣裳のためと判明した。

私の席には、ＡＢＣの三名が座ったが、話の切り出しように迷う私にＡさんが「最

近、お客が減って寂しいのさ」と言ってから、

「このあいだ十年ぶりのお客が来てね、同じ女がいて感動したって言ってたのよ」

とつけ加えた。これに対してまだ緊張の抜けぬ私は、

「それじゃ、ぼくが十年後に来ても、皆さんいらっしゃるんでしょうね」

と言ってすぐに後悔したがあとの祭り、三人はしばらく顔を見交わせたあと、

「いやいやいやいや、十年は無理でないかい」

声をそろえて、しんみりと言った。

「でも、こんなに大勢のお客さんがいて繁昌してますよね」

言葉の継ぎ穂をさがしあぐねた私が、用心深く言ってみると、Bさんが、

「いやいや、最近はどんどんお客がいなくなっていくのさ」

と言い、Cさんが、

「何しろ、毎年死んでいくんだわ、常連さんだったお客がね」

とつけ加えた。それが〝お客が減って寂しい〟の意味だったのであり、私はまたもや緊張につつまれて押し黙り、小樽の奥は深そうだな……と胸の内でそっと呟いた。

十に一を足して実を束ねる珈琲店

二〇〇九年の一月号から二〇一〇年の十二月号にかけて、私が雑誌「銀座百点」へ連載した文章が白水社から単行本化されたのは二〇一一年六月、それが文藝春秋から文春文庫として出版されたのが二〇一五年三月……連載を始めたときから本年まで数えれば十年の歳月がたっている。

銀座のタウン誌たる月刊誌「銀座百点」の編集者Uさんの手引きもあって、取材はごくスムーズにはこんだという記憶が残っている。十年という歳月がながいか短いかの手応えは、その頃を思い出すきっかけによってまちまち、ながいような気がするときもあるし短いような気がするときもある。もちろん、あれからかさねた私の年齢からくる独特の記憶のぶれもかかわっているにちがいない。

たまに十年前がなつかしくなって取材した店をたずねたりもするのだが、すでになくなった店もあり、当時対応してくれた店員の姿が消えているケースは多い。

銀座二丁目の西銀座通り沿いにある「十一房珈琲店」の女性店長だったOさんにも、最近たまに気紛れにたずねる私はお会いしたことがない。何曜日かだけの出勤と店員さんから聞いたような気もするが、その曜日も今やさだかでない。

ただ、店の雰囲気には何ら変わりなく、壁に飾られた一九五〇年から六〇年代のジャズ黄金時代を支えたジャズマンのレコードジャケットもあいかわらずだ。店は一九七八（昭和五十三）年のオープンだそうだが、壁の一画にジャズ・レコードのジャケットがあり、トイレの壁に写真が飾られているシドニー・ベシェが、私の頭には店のテイストの象徴として灼きついたものだった。

シドニー・ベシェは、ルイ・アームストロングらとともにジャズの創成期をになったジャズマンの一人で、〝ブルーノート〟の発展を支えた人でもあるのだが、一八九七年にクレオール（フランス人との混血）としてニューオリンズに生まれている。クレオールは、フランス語を話す当時のニューオリンズでは特権階級だったという。

ベシェは、ジャズプレーヤーとしてはめずらしいソプラノ・サックスの達人と言われていたというが、この店をつくったオーナーはその名をとってまず「ベシェ珈琲店」と名づけたという。それがいつの日か「十一房珈琲店」となったのだろうが、「十一房」の〝十〟は「充分」あるいは「全《まった》し」の意だそうだ。十に一を足して実を束ねるというのが店名の由来らしい。ただ、シドニー・ベシェ自体は日本においてあまり知られるプレーヤーとは言いがたい。

それやこれやの由来についてはいろいろとOさんにうかがったが、さまざまな謎の輪郭が判然としたわけでもないまま、私は「十一房珈琲店」の雰囲気に、今も惹かれて時どきふらりと店をたずねることがある。たまに足を向けるのは、その謎の解明ではなく、若い客がそこに存在してもどこか大人びて見える、いくつかの謎をはらんだこの店の空気感とともに、高年齢の身になってから見つけた好みのコーヒーを味わうためなのである。

水の価値への胡散くさい気づき

今では当然のように飲んでいるミネラルウォーターと最初に出合ったのは、かなり以前のブラジル・サンパウロへの旅の中でのことだった。

ブラジルでは水のことをアーグア（Agua）と言う。ま、つまりはポルトガル語で水をさす言葉だ。日本くらい水に恵まれた国はないというのはよく聞くはなしだが、日本人旅行客の過敏すぎる感覚かもしれぬが、ブラジルの自然水にはすんなりと馴染めぬ気がして、レストランなどではミネラルウォーターを注文することにした。

炭酸入りと炭酸ぬきのどちらかをチョイスする、これまた今では日本でも普通の習慣となっている件についても、このとき初めて確認したような気がする。

さて、こうやって炭酸入りと炭酸ぬきのどちらかを選び、「アーグア、コンガス」

「アーグア、ノンガス」なんぞと、正確か否かも分からぬ注文の仕方をする習慣が、ブラジル旅行の中で身についた。最初は、酒もジュースも飲む気分でないから水……ということでの選択だったのだが、やがて酒でもジュースでもなく水が飲みたいのだという水への積極的な気分が、旅の中で生じてきた。炭酸入りと炭酸ぬきの選択を遊び心でくり返しているうち、水をまともに待遇するようになったというなりゆきか。

もちろん、酒を飲みたいときは酒を注文するのだが、その選択は、酒と水とを比較したあげくの酒ということであり、日本での習慣のように水はそこにすでにある添えものという位置づけではなく、酒と互角に比較されるべき存在となりはじめたのだった。つまり、水の格が上がったとでも言えようか。そんなながれの中で、「アーグア、コンガス！」「アーグア、ノンガス！」という、水を注文するときの声にいささか弾みが生じてきたのも、旅の味わいとなったものだった。

毎日吸っている空気に感謝するという、結婚式の新婦から両親への挨拶のごとき紋切型のセリフに近い匂いがからみついていたかもしれぬが、〝水を注文する〟というかたちが明確になることによって、今は酒でなく水を求めているということへのはっきりとした意志表示が、水を注文するときの弾んだ声にあらわれていたのではなかろうか。

「きょうは、夕方から水でも飲もうか」

日本へ帰ってからの、「今夜、一杯やろうか」に取って代わるそんなセリフが、頭の中で浮き沈みしたりもしたが、もちろんこのセリフを口から出したことはありません。そして、人間の歴史をもっともながく見てきた〝水〟という存在に対して、遅ればせながら礼儀を正している……自分からそんな滑稽感をともなった成長の証しを汲み取ったりもしていた。無尽蔵な水にごく自然に感謝の念を抱くという純粋さを身につけたというよりも、〝売り物としての水〟を注文するくり返しのあげくに、水の価値に気づくという動機のありようは、まことに自分らしかったとひとりごちつつ、今やおびただしい銘柄のミネラルウォーターのあふれる日本の中で、硬水と軟水のどっちを選ぶかとか、どの銘柄が旨くそして自分に合っているかなどと品定めをしているのだから、我ながら始末に負えぬ時代の流行への厚顔な迎合ぶりというものでありましょう。

虎造節の余韻

通っていた店が着実に消えてゆく……そんな実感をいだかされる年齢になってきたようだ。私が好み、尊敬し、尊重して通った店の主《あるじ》ともなれば、当然、かなりの年配ということになり、息子が跡取りとなっているケースを除けば、その主が身を退くのは店の消滅を意味する。

三鷹のかつての三業地八丁の中の小路の奥にあった、「辰三《たつみ》」もそのひとつで、おとうさんとおかあさんのコンビで、土地柄に合わぬと言っては土地に失礼だが、粋で贅沢な居酒屋だった。おかあさんが私と同じ年齢なのだから、私が遅まきに通い始めたとき、おとうさんは既に八十をすぎていた。

それでも、年齢を感じさせない……というより、年齢にふさわしい、居酒屋のおやじらしいカクシャクたる風情を保っていたものだった。

私は次郎長ゆかりの清水みなとで多感な時期をすごしたせいで、小学生の頃から二代目広沢虎造の浪曲を諳《そら》んじているという、同世代の中でもちょいと渋めというか、爺くさい少年だった。

私よりはるかに歳上だった「辰三」のおとうさんは、戦後の浪曲文化にどっぷりとハマった世代でもあり、虎造節の浪曲は、おおむね諳んじているタイプの人だった。だが、浪曲はラジオ文化の中で歌謡曲や映画に混じって、戦後の日本人に人気を博したものの、テレビの登場期にその影を薄くしはじめ、いつの日か大衆芸能の中心から追いやられてしまった。そのせいか、おとうさんは浪曲仲間というのには恵まれなかったらしい。

ある日、早めに店を訪れた私に、おとうさんは虎造節をうなってみせたことがあった。

〽旅行けば……ではじまる演目や、〽駿河路や……あるいは〽秋葉路や……など、演目ごとのうなり出しに反応し、「駿河の途《みち》に茶の香り」「中に知られる羽衣の　松と並んでその名を残す」「花橋の茶の香り」などと、その後の節を口ずさんだ私に目をみはり、以後はお客の会話が途切れたとき、暗号のごとく虎造節をうなりつつ横顔でニヤリと笑い、私の様子をうかがうようになった。

おとうさんの〆鯖《しめさば》は、かるく〆たのと、じっくり〆たのと二種類あり、「〆鯖はどっち？」と客の好みを聞いてから出していた。

「うちのはしっかり〆ているんだ」とか「〆めすぎはヤボってもんでね」といった美学にこだわらず、なるべく客の好みに合わせようとするタイプで、頑固な職人ともまた、ひと味ちがうあたたかさを持っている人だった。

そのおとうさんが人知れず闘病の時をすごしつつ、店をこなす季節があり、ポツリポツリとその病状を口走るようになり、「いや運がよく助かった！」と手術の成功をよろこんでは「ガンってやつもしたたかでね……」とグチめいたセリフを吐くようになり、やがて医師をはじめ縁のあるすべての人への素直な感謝を言葉にするようになり……といった衰えと浄化の気配の中で、おかあさんに言わせれば、「苦しむこともなく」何年か前にこの世を去られた。

独特の包丁さばきとともに、人生の達人でもあった人だったが、おとうさん一流の虎造節はいまだ私の耳に焼きついている。

第四章　天女の羽衣の布切れ

借金とかわいげの因果関係

新幹線のグリーン車といえば、かつては何となく重みのあるサラリーマンと芸能人、自由業、あるいはある種の強面《こわもて》の人々が乗っているというイメージがあったが、今やかなり車内の雰囲気が一般化していて子供連れなども多く、特殊な空間というイメージがなくなった。

それでもたまに、新幹線のグリーン車が特殊な空間と感じられてなつかしい空気に接することも多く、それはかつてのグリーン車の客めいた匂いをもつ四人組がうしろの席に椅子を向かい合わせにして陣取り、何やら上機嫌な会話を交わしているようなときである。今も昔も変わらないのは、そんなうしろの座席の乗客の話し声が、やけにあざやかに耳に伝わってきたりするところなのだ。

「やっぱり、あれを借りるときかて、かわいく借りなあかんしな」

「ああ、あの金だけはなあ、自分でもとりあえずは用意しておきたいもんやで」

「何も用意せんと丸ごと借りるよりはやねえ、百万円だけは自分で用意してまんねんと。あとの半分を借りたいゆうなら、かわいげがある借り方ちゅうもんやからなあ」

「そやそや、問題はかわいげの有りや無しやゆうこっちゃなあ」

〝かわいげ〟と〝借金〟がからむらしい話題を、野太いながら穏やかな調子で会話をすすめるあたりから、いずれの領域にせよ下っ端ではない、幹部クラスにちがいない……私が、背もたれに後頭部をあずけたまま、うしろの席のやりとりに聞き入ったのは、物書きの業《さが》のせいやと一応、言うておきます。

「いやもう、尽きるところはそこやな、物事かわいげないちゅうのんがいちばん悪い。とくに金借りるときは、やっぱりかわいげや」

「そやそや。しかしそれができるかできないかやな、人間は」

「あと先考えんと日頃若いモンにおごりちらすのはええとしてやね、あれだけは貯めておかなあかんね」

「しかしやねえ、それが分かってるのは今日日《きょうび》、案外少ないんちゃうやろか」

「そこや、少《すく》のおまっせ、かわいげのある借り方するちゅう者《もん》は」

「そやろなあ……」

「何ちゅうか、時代やねんなあ」

「いや、ほんまになあ」

自分とは縁遠いテーマであるにはちがいないが、会話のムードから古風な習慣の衰退への憂鬱気分が伝わってきて、ところどころうなずくものをおぼえたりしつつ、私はうしろのやりとりについ聞き入っていた。

「やっぱり何ちゅうか、時代ちゃうか」

「昔の道理が通らんようになってもうたんやね」

「ほんま、わしらは古いタイプなんやな」

「そやそや、古いタイプゆうこっちゃ」

話のオチはそこのところらしく、けっきょく四人の意気投合が確認されたようで、私も何となく安堵の気分にひたった。すると、四人組の中の一人が、私にとっての本当のオチを最後に口走ったものだった。

「ほんまに、あれだけは用意しとくべきやね、自分の保釈金だけは」

ジャンジャン横丁、なつかしの女芸人

大阪の新世界の空気感については、しばしば書いてきた。私はその新世界の雰囲気に惹かれて、いっとき大阪へ行けばホテルへ向かう前の通過儀礼といった感じで、まずそこへ足を向けたものだった。

通天閣界隈からジャンジャン横丁へ入って少し歩くと、左側に「新花月」という寄席があった。その寄席に、私などが名前も知らぬ新人漫才師や、まだいたかという往年の中堅クラスのコミック芸人などがそれぞれの得意ネタを披露していたが、舞台で心地よい湯加減にひたるといった感じで、榎本美佐江の歌なんぞを歌い、ネタ話をする美人女《おんな》　音曲吹寄《おんぎょくふきよ》せ芸人もいた。そのネタはかならずジャンジャン横丁の人間臭い、人生の吹き溜りといった雰囲気をテーマとするものだった。

自分が「新花月」へ向かって歩いていると、「あんた、○△ちゃんやんか、ようがんばっとるなあ。わしがついとるさかい、なんも心配いらん。ようけ稼ぎなはれ。ホナ、さいなら！」とすれちがいざまに声をかけた老人が、ポンと胸を叩いて路地へ消えた。「ありがたいこっちゃ、あんな味方がいてくれるんや」と、礼のひとつも言わねばとあわてて追いかけ、路地を曲がってみるとそこに先ほどの老人が行き倒れていた……といったあんばいだ。ちょいとブラックめいてはいるが、大ウケして笑っている客たちもまた、その老人を彷彿とさせるタイプという雰囲気なのだ。

その女音曲吹寄せ芸人が、高座を降りる前に出すオチがまた、ジャンジャン横丁の寄席ならではのネタだった。彼女は三味線をたずさえて舞台に登場するのだが、歌はすべてカラオケに合わせて歌うのであって、三味線を弾くことはなかった。そして、その自分の三味線についての説明が、ネタふりとなって語られる。

「お客さん、わたし今三味線持ってますけど、一度も弾かへんかったでっしゃろ。その弾かへん三味線をなんでわざわざ舞台へ持って出るかちゅうことなんですけどお……」

と、たっぷり時間をかけて間をとり、お客さんだけにこの秘密を打ち明けますけどね……という表情をつくってから、

「この三味線、わたしのですねん……ほんでねこれ楽屋へ置いとくと」

と、また充分な間をとってから、

「盗られますねん」

これに大笑いする客席を見わたせば、楽屋へ置き放した三味線を持ち去りかねぬ感じの人がちらほら見える。それを先刻承知の上で、女音曲吹寄せ芸人はこのネタを披露し、客は「ここに出る程度の芸人やったら、楽屋でそんなんやりかねんでえ」と、となりの連れに相槌を求めたりしているのだが、そのとなりの男もまた共犯者になりかねぬ雰囲気のタイプなのであり、大阪の髄が煮つまったような、その新世界にふさわしい寄席風景が、大阪へご無沙汰している今となってはなつかしいかぎりなのだ。

金沢、「ながいこって」という知恵

金沢というのは、虚と実が密接につながり合う不思議な魅力をもつまちである。

このまちは徳田秋声、泉鏡花、室生犀星という三文豪を生んでいるが、近年は泉鏡花に人気が集中している感がある。そもそも泉鏡花という作家は、作品によって現実から虚構へと読者をいざなう達人だが、その鏡花とからめて金沢を歩けば、虚実を仕切る境目がいとも簡単に溶けてしまい、旅人を虚と実の間《あわい》にいざなってくれる、そんなまちなのだ。

私は金沢に何度も通っている金沢ファンのひとりだが、そのたびに虚と実のはざまにさそい込まれる気分にさせられるのだ。

ある日の陽の落ち切らぬ頃、下新町《しもしんちょう》に生まれたという泉鏡花が、幼い頃によく遊んだという久保市乙剣宮《くぼいちおとつるぎぐう》の境内でしばし想念をころがし、そのあと境内脇から暗《くら》がり坂という石段の坂を降《くだ》って、主計町茶屋街《かずえまちちゃやがい》の路地へ向かって歩いたときのこと。

私は、暗がり坂の途中で坂を降りた先の左手にある、「主計町事務所」という看板のかかったいわゆる検番の建物の前に、一人の老女が立っているのを目にとめた。老女が、主計町の「一葉《ひとは》」という茶屋の老女将だと気づき、私はあわてて近づきペコリと頭を下げた。

すると、老女はかすかに微笑みながら、

「ながいこって……」と言った。ながいこって……は金沢の町家の人ではなく、茶屋街すなわち花街があみ出したような言葉で、「お久しぶりで」「ご無沙汰しています」といった挨拶言葉、お目にかかってからながい時がたったという意味合いでの「ながいこって」なのだが、実はそこに独特のニュアンスが込められている。

金沢の茶屋街では客を迎えると、誰にでも「ながいこって」という言葉を向ける。三日前に会った人にもきのう会った人にもその日の午前中に会った人にも、迎える挨拶は「ながいこって」なのだ。客もまた「いや、ながいこって……」などと挨拶を返す。何人かの客だとすれば、その中には本当にながいこと足を向けていない客や、一週間前に来た人、あるいはゆうべも顔を出した人たちとさまざまだが、誰もが「ながいこって」と受ける……つまり、その茶屋へのそれぞれの客のスタンスが、全員への「ながいこって」という符牒みたいなセリフによって漠然としてしまうという仕組みなのだ。商売上、自分と茶屋の関係を知られたくない客も、ちょいと色っぽい秘密をはらんだ客も、「あれ、きのうも来たのか」なんぞという同行の人に疑念をもたれぬための、「ながいこって」という言葉には、気配りが隠されている。

そこを判然とさせぬのが、客にとっても、茶屋の女将や芸妓にとっても便利なのだ。ま、極端に言えば衝突する危険を避けるため千メートル前でブレーキを踏むような用心深さをはらんだ知恵でもあるのだ。

その「ながいこって」を、老女将から向けられた私は、泉鏡花ゆかりの神社から暗がり坂を降ったせいもあって、まるで自分が〝訳ありの客〟であるかのごとき気分にひたらされたのだから、金沢流の虚実のゲームのそそのかしによって、手玉にとられたようなものだった。

現代に、和らぎを

日本語ってのは味があるなあ……と思わせる言葉は数々あって、そのすべてに触れているわけではもちろんないが、たまにそのことを思い起こさせる表現に出くわすとうれしくなる。先に書いた、金沢の茶屋街における「ながいこって」もそのひとつで、客の中に温度差を生じさせぬための知恵の言葉でもある。誰も彼もを、ながいこと顔を見せぬ客と見立てて、温度差や濃淡を消してしまう茶屋街からの、客を迎えるときの、手品みたいな言語なのだ。

その金沢の茶屋街では、酒の合間に水が欲しい旨を告げると、「やわらぎひとつ」と伝えてくれる。「やわらぎ」とは、すなわち水のことだが、「お水」あるいは「お冷や」ではなく、「やわらぎ」であるところから、酒の場における「和らぎ」を強く感じさせてくれて、これもまた絶妙の味わいを持つ言葉である。

当初は、これも金沢の花柳界の奥行きなのかと感服したものだったが、帰京して辞書を引いてみると、水＝和らぎは、特に金沢のみで用いるのではない、一般的な言葉でもあることが分かった。

だが、その上で思い浮かべてみても、金沢以外で水を注文し、「やわらぎ」という反応を得た記憶がないのは、私の体験の狭さのみによることとなのだろうか。京都などには何となくフィットしそうだが、公家文化の薫り高い京都には、いささか庶民的すぎるのかもしれない。

そこで、辞書を確認してみると、「やわらぎ」自体は「やわらぐこと」「おだやかになること」の意味があり、次に「和らぎ水」として、まさに私の金沢での体験に通じる内容が紹介されていて、「日本酒の合間に飲む水。日本語版のチェイサー」と解説されているのだ。大いに腑に落ちる気分になった。

現代人の飲み物の習慣の中で、まず、外来語的なチェイサーが一般に流布して浸透し、〝人肌〟など日本酒の時間の中の水の見事な呼び方が、埋没してしまったということなのだろうか。

ウイスキーの合間の「チェイサー！」という西洋的な粋はあっても、日本酒のときは「水」か「お冷や」ということになっているのが、現状ということになるだろう。で、「和らぎ水」の項の次に、「日本語版チェイサー」とあり、「石川県酒造組合連合会が公募で命名し、日本酒造組合中央会が提唱」という説明がついていた。となれば、私の狭い体験と金沢の文化に心服する感覚から、勝手に「やわらぎ」と金沢を結びつけた独断にも、一理あり、ということでもあり、公募の結果となれば金沢に生まれた言葉ではないわけで、まことに複雑な心持だ。

それはともかく、「やわらぎ」はたしかに、かつて加賀百万石の城下町であった金沢に似合う言葉でもありながら、和の文化がかすみつつある現代の日本のそこかしこにもフィットし、和の粋を感じさせる打ち水のごとく、味わいを持つひとセリフであるというところに、金沢ファンの私としては落着させたいのココロであります。

神楽坂の生命力

神楽坂というのだから坂なのだろうと思いつつやって来ると、神楽坂はやはり坂だった……てな気分で、飯田橋駅から毘沙門天へと向かう坂道を初めて歩いたのは、大学を卒業する少し前くらいのことだった。

毘沙門天の向かい側にある目立たぬ小路の細い石段を降り切った右手にある「和可《わか》菜《な》」という旅館を、そこに泊まる叔父から小遣いをもらうためにおとずれたのだ。

京都に住み東映時代劇の脚本を書くことを業《なりわい》としていた叔父は、若くしてこの世を去った兄の落し子である私を、不憫と思って気にかけてくれていたのだろう。上京したときに神楽坂の常宿である「和可菜」へ連泊して執筆するのだが、叔父はそこへ私を呼んで何がしかの小遣いをくれたのだった。初体験からしばらくの神楽坂は、私にとってそんなまちだったのである。

大学を卒業し、出版社である中央公論社につとめる編集者となった私が最初に配属されたのは雑誌「小説中央公論」。この雑誌に野坂昭如さんのデビュー作「エロ事師たち」が掲載され、私の頭に野坂昭如という〝新人作家〟の名が灼きついた。そして、入社から七年ほどたった一九六九年に創刊された文芸誌「海」に配属されるや、私は強い思い入れをもって野坂昭如担当を申し出た。

だが、前年に「火垂るの墓」「アメリカひじき」で直木賞を受賞していた野坂昭如さんは、小説のみならず歌手、タレント、作詞家はたまたラグビーからキックボクサーまでこなす超多忙の異能の作家として、すでに編集者を「だます」、編集者から「逃げる」、原稿の締め切りに「遅れる」の〝三悪〟が定評化した、担当者にとってまことに厄介な存在となっていた。

その野坂さんの執筆の拠点のひとつが、神楽坂「和可菜」であり、私はそこへ野坂さんを〝カンヅメ〟にしてはスカされたり逃げられたりするのを常とする担当編集者だった。だが、私はその厄介きわまりない〝三悪〟よりも野坂昭如文学の価値を上位におく他社の編集者と同じ気分で、悪戦苦闘もまた楽しからずやの日々をおくったものだった。

さらに、時がながれた一九八一年に私は会社を辞め、野坂昭如さんとはまるで別種の、質をともなわぬ超多忙な日々をおくる作家となっていた。そのさなか、一度「和可菜」で原稿を書いてみようか……と、不埒にも思い立って神楽坂をおとずれたことがあった。

文士気分で原稿に向かってみるが、向かいの料亭からきこえる三味や太鼓の音で意識が集中せず、翌朝は何やら騒々しい人声で目が覚めて聞き耳を立てると「はい、スタート！」「はい、カット！」などという、テレビの撮影らしい雰囲気。神楽坂が今や流行のまちとなっている事実を知って、早々に「和可菜」を退散したものだった。

今、その「和可菜」は旅館業をやめて久しく、叔父はもちろん野坂昭如さんも鬼籍に入っている。私からは、旅館を常宿とするほどの執筆量が失せて久しいが、神楽坂の坂道はあいかわらずの賑わいで、野坂さんが残した「火垂るの墓」とともにその生命力を保っている気配である。

出雲の運転手さんのご託宣

大人の雰囲気をもつ和風の城下町である松江へ、ある時期は常連客のごとく足を向けていた。松江への旅をこなしているうち、何人かの松江に住む友だちができ、その友だちがいるゆえまた松江へ出かけて行くというくり返しが、いっときつづいたものだった。

そして、松平氏の城下町である〝武〟のまち松江に、〝神々の国〟たる出雲という奥座敷があるというのが、〝老人流〟とかかわる構図にちがいない。

寺社の境内で、茶筅供養《ちやせんくよう》をやっているのを見かけたことがあるが、松江は江戸中期の藩主であり不昧《ふまい》流茶道の基をなした松平不昧公の余韻の残るまちでもある。そんな松江のまちのそこかしこで見かける、老人同士が交わすお辞儀の見事な風景も、私にとっては松江の大きい魅力だった。握手全盛の現代日本において、見事なお辞儀はある世代以上に限られてくる傾向だ。だからこそ私は野坂昭如さんの綺麗なお辞儀に敬服していたのであり、松江にはその綺麗なお辞儀が普通にあるという感じだった。そしてそのお辞儀には、とうの昔に〝老人流〟を得ている者の、特権的な美しさがあったものだ。

松江はまた、宍道湖《しんじこ》の幸をかかえ、境港《さかいみなと》からの日本海の幸によって成り立つゆたかな食文化も魅力的で、そこに出雲そばが色を添えるなど、渋い和の味に事欠かぬ土地柄でもある。

松江に住む友人たちと、あるとき出雲空港にほど近い水族館を見学に行ったことがあったが、彼らは水槽の中で泳ぐ魚を無感動に指さし、「あれは煮付けが旨い」「こっちは唐揚」「あっちは焼いた方が」「これは刺身で」と、とっくに頭に入っている魚の生態なんぞに興味を向けることなく、その料理方法を口走っては笑い、首をすくめていた。それは水族館を見学する者らしくありますまい……と突っ込みを入れたくもなったが、魚の豊富な土地柄における魚のプロらしい雰囲気が伝わるセリフでもあると思ったものだった。

そんなあれこれを味わって、タクシーで出雲空港へと向かう、その宍道湖沿いのけしきがまた素晴らしい。旅のエンディングたる花道の引っ込みにぴったりの気分をそそられるのだ。

ある日も、そんな心持ちでタクシーに乗って出雲空港へ向かっていたのだったが、途中で運転手さんがミラーの中から私をちらりと見やり、

「お客さん、ここから先はいいけしきですからね」

と言って少し間をおき、

「だから、よく眠れますよ」

とのたもうた。いいけしきだから見なさいではなく、いいけしきだからよく眠れる……いいけしきで心地よくなればよく眠くなるという道理を教えるかのごとき、タクシーの運転手さんによる見事な出雲流のご託宣だと、私はうならされたものでありました。

天女の羽衣の布切れ

静岡県の静岡市清水区（かつては清水市だった）で祖母に育てられた私は、東京の叔父たちが彼らの母親たる祖母の様子を見に来たときなどは、三保の岬の「羽衣の松」へと案内するのがある時期までの役目となっていた。

東京に住む叔父たちと私は、清水の波止場から連絡船に乗って三保の岬へと渡り、三保の松原へ向かって歩く途中にある御穂神社で、そこに祀《まつ》られる天女の羽衣の切れ端だという布切れを見たあと、松並木の参道を歩いて松原へ到着すると、そこに列ぶ屋台でおでんを食べるのがお決まりのコースだった。

当時は、目的の羽衣の松のある浜辺へと向かう参道だというイメージだったが、今にして思えば、あれは逆に、神が海から上がって御穂神社へ向かう参道だ。

何しろ、叔父たちを案内する少年であった頃の私には、三保岬にゆかりのある羽衣伝説や、羽衣の布切れを祀る御穂神社への興味など持ち合わせず、海辺に近いところにある茶店風の屋台でおでんを食べるのが第一の目的の少年だったのである。

天上から降りた天女が松の枝に羽衣をかけて水浴びをしていると、漁師が天上へ戻れぬよう羽衣を隠し、無理に妻とする。二人の間には子供が生まれたが、ある日、天女は漁師が隠していた羽衣を発見し、羽衣の舞を舞いながら天に帰ってしまうというのが羽衣伝説。

そのさい、残されたという羽衣の布切れが、御穂神社に祀ってあるというわけだが、伝説の中の羽衣が現実に残っているといわれても、とくに私は乗り気もなく首をかしげるだけの、ロマンのかけらもないタイプの子だった。

そのあと、素直でない学生となっていった私は、この羽衣伝説が世界に広く分布する白鳥伝説の系統に属する天人女房譚のひとつであり、日本各地にさまざまなかたちで伝えられたものの一例であることを知るにいたり、三保の羽衣の松や御穂神社への信仰心がますます遠ざかっていった。

ただ、茶屋で買ったおでんの皿を手に、やや波打ち際に近い場所にアグラをかき、おでんの串を宙にかざして、右肩に宝永山の微妙な出っ張りのある富士山に、うっとりとした視線を投げていた記憶が妙に強く残っている。

晴れた日などは、富士山が地理的な距離よりもかなり近景として目に映ったりもして、その大きさも霊峰としての姿かたちも申し分のない富士山を、宙にかざしたおでんの先に、飽くことなくながめていたものだった。

そして、とうに三保岬のある清水という土地から離れてしまった今となってふり返れば、遠望する霊峰富士、その右肩にふくらむ宝永山、羽衣の松、伝説の松の下で催される薪能「羽衣」、茶店のおでんの彼方に打ちながめる富士山、砂利の多い浜辺などが織り合わされぬまま、羽衣伝説は私の中で脈々と生きているような気もしてくる。

それはこの世に存在するはずのない羽衣の切片を御穂神社に飾った先人の、したたかな知恵の仕掛けの効力であるのかもしれぬと、今は思いはじめている。

熊はここから出て行くのさ

「ムラマツくんの奥さんの実家、岩手県にあったよねえ……」

出版社につとめていたとき、写真部にいた先輩のMさんが、ある日急にそんなことを言い出した。カミさんの故郷は、岩手県の中央部からやや秋田県よりにある、かつては豪雪地帯だったという地域。秋田県の横手の〝かまくら〟は有名だが、横手に雪が足りないとき、カミさんの故郷である湯田町あたりへ雪を取りに来たくらいだった……と、カミさんの母親から聞かされたことがあった。

「今度さあ、一度連れてってくんない？」

Mさんは、立会川の銭湯の息子でいつもけっこう伝法な喋《しゃべ》り方をしていたが、私が会社を辞めてしばらくすると、Mさんも会社を辞めた。Mさんのカメラマンとしての腕は社内でも定評があり、会社を辞めたあとはフリーのカメラマンとして大活躍とはいかなかったが、個展を二度ほどやった。その個展のとき何らかのかたちでかかわったのが、私と美術アーティストの加納光於さん。加納さんは、京橋で何度も個展をやり一時代をきずいた存在だったが、Mさんとは会社での仕事を通じて知り合い、会社を辞めても、魚釣りという趣味をともにする仲としてつき合いがつづいていた。

Mさんは、カミさんの実家が旅館だと聞き、加納さんと一、二泊して近くでヤマメやイワナを釣る計画を立てたのだという。それならボクも同行していいですか……となり、私はMさんと加納さんをカミさんの故郷へ案内することになった。

着いた日の夜はゆっくり休んだが、翌朝、私が起きたとき二人はすでにイワナ釣りの用意をして出かけていた。だが、昼にならぬうちに二人が帰って来たので首をかしげると、

「ムラマツくんの奥さんの故郷ってさあ、すごいとこなんだね……」

Mさんが、私の顔を見るやそう言って大きく息を吐いた。

Mさんと加納さんは、浮きうきと呼んだタクシーに乗って川に沿う道を走り、この

あたりなら釣れそうだというところで降り、車を帰した。そして、どのへんで釣ろうかと話し合っているうち、あのあたりは熊が出るそうですから気をつけてください……というカミさんの母親の言葉を思い出した。ちょうどそこへ通りかかった人がいたので、

「このへん、熊が出るんですか……」

とたずねた。すると、通りかかった人は大きく手をふり、

「いやいや、このへんに熊が出るというよりね」

と言って、Mさんと加納さんの目を交互にのぞき込み、

「熊はこのへんに出てくるんじゃなくて、熊はここから出て行くのさ」

とつけ加えたという。二人は、それを聞いて即座にその日の釣りをあきらめ、ながい道のりを歩いてカミさんの実家たる宿へ逃げ帰ったというわけだった。

わが青春のゲーマイナー

ながい時をかけて信じ込んでいた真実が、実は真実でなかったことに意表を突かれるケースが、私の場合よくあるのだ。

四十代になりたての頃、ある仕事でメキシコのベラクルスという港町へ行ったときにも、私はそんな体験をした。私にとってベラクルスという町の名は、ハリウッドの西部劇映画「ベラクルス」と結びついていて、それは今も同じだ。あの映画はバート・ランカスターが自らの独立プロでつくる作品に、大スターのゲーリー・クーパーを主役に迎えて花を持たせ、自らは悪役に回った作品だった。あたかもクーパーを立てたようなかたちだが、結果的にはランカスターのあざとく魅力的な悪役ぶりが、善玉のクーパーを完全に喰う作品となった。その映画のタイトルであるベラクルスは港町、西部劇に海が出てくるのは、そのほかにはマーロン・ブランドの「片目のジャック」くらいのものかもしれない。

それはさておき、私がベラクルスで記憶の修正とかかわる体験をしたのは、大学時代におぼえハワイの音楽だとばかり思っていた「南国の夜」の原曲が、〝ベラクルスの音楽〟という意をあらわす〝ソン・ハローチョ〟の有名曲だと知ったことだった。

ハワイアンがメキシコの曲だった……これは私にとって、西部劇に港町が登場することよりさらに意外なことだった。私は大学時代にジャズ喫茶でハワイアン・バンドの「南国の夜」を聴いて感動し、コードブックを買い込んだ。そして安物のウクレレでGmすなわちゲーマイナーのコードで始まるその曲を奏でつつ、ハワイアン歌手気取りで「南国の夜」を思い入れたっぷりに歌ったりしていた……まさに、わが青春のゲーマイナーであったのだった。

その「南国の夜」がハワイアンでなくメキシコはベラクルスの曲だった？　このことを私はショックとともに受け止めた。〽月はかがやく南の　はるかなる夢の国よ……自己陶酔とともに下宿で切々と歌ったハワイアンだったはずのあの曲への勘ちがいは、これをハワイアン音楽だと思い込んですごしたその後の二十年の歳月に起こったすべての出来事を再調査しなければならぬのか……私を言い知れぬとまどいにみちびいたものだった。

そして、そのショックはかなり尾をひいたと自覚しているはずだったのだが、今「南国の夜」を思い出すときの私からは、この曲がメキシコの曲だなどという真実はどこかへ飛んでいて、やはりジャズ喫茶全盛時代にハワイアンバンドの美声のボーカリストが歌った、切々たるハワイの恋歌としてよみがえってくるのだ。「南国の夜」は、やはり〝わが青春のゲーマイナー〟であったという思い出し方のほうが、私の好みに合っているということなのだろう。

こうやって人は、事の真実を求めるよりも、己の好みによる記憶を勝手にたずさえつつ、先へ進んでいるのかもしれないのだが、今になって思えば、これはもしかしたらどこかで、〝老人流〟につながる記憶術かもしれぬという気分がからむのであります。

南イタリア人の明るい居直り

イタリア半島の北と南では、まるで国がちがうみたいに気質がちがう……とはよく言われるセリフで、実際、北イタリアにあたるミラノの人にこの話を向けてみると、「南の連中の考えていることは分からない」という言葉が返ってきた。そしてそのミラノ男は、「南の連中は、マンジャーレ、カンターレ、アモーレが人生だと思い込んでるんだからね」とつけ加えた。

南イタリアで仕事をするのは大変だと、何人かから聞かされたことがあった。ともかく南イタリア人は、時間は守らない、仕事はだらだら、シエスタ（昼食後の昼寝タイム）はがっちりとるといったあんばいで、生真面目な日本人が求める緊張した仕事ぶりなど、とうてい望むことができないという。この南イタリア観が、すでに一般常識になっているのだが、南イタリア人はこの言われ方についてどう思っているのか、それをたしかめてみよう……というのが、かなり以前に南イタリアを旅する取材に行ったときの、仕事の目的とはまったく関係のない私なりの旅の目的のひとつだった。

マンジャーレ＝食べる、カンターレ＝歌う、アモーレ＝恋愛であるのだから、それらは人生にとってきわめて重大な事柄であり、そこにこだわることを恥じる必要もあるまいというのが、とりあえず南イタリア人の立場に多少寄り添いかげんの、私なりの思いだった。ただ、仕事はそこから外れた時間で行われるのであり、そこにまったく気がいかないというのもいかがなものか……つまりは何の深みある追究もしないいま、こんな疑問を向けるべき南イタリア人を、私なりにさがしていた。

たしかに、ミラノあたりの都会的洗練は、仕事のスムーズさにとっては有効にはたらくのだが、南イタリア人の自由奔放さに触れることこそがイタリアへの旅の醍醐味というものではなかろうか、とも思うのだ。

いささか南イタリア人びいきのかまえのまま仕事をこなしていた私は、地元で調達した照明を担当する南イタリア人の男に、仕事を終えたあとの食事会の席でそっとたずねてみた。すると、彼から壮快な答えが返ってきたのだった。

「俺っち南イタリア人がたらふく食って、気分よく歌って、熱く愛し合ってやらなかったら、北イタリアの奴らは、何のために働いているか分からなくなっちまうだろうぜ」

と、言い放ったのだ。つまり、働くことが好きな北イタリア人に代わって俺たちはイタリア人らしい人生を満喫してやっているのだという言い草なのだ。しかも、自分たちが食べ、歌い、愛し合うことによってイタリアの経済が活性化し、北イタリア人は働きがいを感じることができるのだから、文句あるまいという明るい居直りが、そのセリフからは伝わってくるのだった。

北イタリア人は大変だな……と同情すると同時に、もし南イタリア人の、その明るい居直りがなければイタリアがイタリアでなくなってしまうのもたしかだろうと、ひそかに納得したものだった。

ベントレーの老夫婦

シチリアへの旅は、まずその中心都市であるパレルモから始まった。到着した翌朝、泊まったホテルの前の広場へ出てみると偶然、フェラーリが主催する、クラシックカーによるシチリア島一周レースのスタートのセレモニーが行なわれていた。ぼんやりとその光景をながめていた私は、古い型のベントレーのオープンカーに乗った老夫婦に目を止めた。

夫は白いジャケットに蝶ネクタイ、妻は白黒画面時代のハリウッド女優を思わせる水泳用の帽子みたいなものをかぶり、ノースリーブの腕をあらわにしてにこやかに見物人に笑顔をサービスしていた。中高年以上の夫婦が目立つのが、いかにもクラシックカーのレースらしい雰囲気をかもし出していた。周囲をかこむ見物人もまた独特で、ペンシル・ストライプの上衣を腕を通さずに羽織り、服装というよりも衣裳に近い印象だったが、さすがシチリア人……と思えば腑に落ちる気がした。

ベントレーの老夫婦は、レースのスタート直前に、そこまでしなくてもという感じで長々とキスをし、その姿が見物人にとどいたのを確認するや、ものすごいエンジン音をひびかせて走り出した。助手席の妻は、夫が勝手に走らせたことによる反動で、首をかくんとうしろに反らせ顔をしかめたが、見物人を意識したような無理矢理の笑顔を残して走り去った。

私は、カメラマンとともに取材のスケジュールにしたがってシチリア島を巡ったが、時おりそのクラシックカー・レースと出会うことがあった。カーレースの一群が通りすぎる街の一角で、道路に大袈裟な椅子を持ち出し、パイプをくゆらせ特等席でレースを見物する老人たちの姿を何度か見た。そして、その老人たちの横顔の見事さには舌を巻いた。年齢が年輪となって、絵画の中の人物像みたいな風格をつくり上げているのだった。

私たちがパレルモへ戻る直前、またもや街角に老人たちが集まっているのを見かけた。やがてそこへ、クラシックカーの一群が近づいて来た。自分用の椅子の背にゆったりと体をあずけて、一張羅を着込み、ステッキを片手にした老人たちが、一様にレースカーの一群へ遠い目を向けていた。

その前を、エンジン音も高らかに、次々と通りすぎるクラシックカーの中に、例のベントレーの老夫婦がいた。レースが意外にハードだったせいか、二人にはあきらかな疲労のきざしが見えたが、なぜか陽灼けした苦々しい顔をそむけ合っていた。ナビゲーター役をこなせぬ老妻と、入賞を目論む夫との仲は、出発時とは激変しているようだった。遠い目をした老人たちがおくる拍手の前を、出発時のディープキスはどこへやらという感じの、苦虫をかみつぶしたような表情をかためたまま走り去る老夫婦のベントレー。

私は、新婚時代から倦怠期をへてお互いを認識しきれぬ境地にいたるまでの、この夫婦の時間をすべて拝見させていただいた気分で、遠い目の老人たちとは別の意味を込めて、遠ざかるベントレーに拍手をおくったものでありました。

第五章　老人の遠近術

正月に伝わった祖母の底力

小学校へ上がる前くらいから高校卒業までのあいだ、私は静岡県清水市（現・静岡市清水区）で祖母に育てられて時をすごした。そして、八幡神社裏の家で二人暮らしをする祖母と私にとって、世間の空気とは別物にならねばならぬのが、正月という特別な時間だった。

隣家の親戚をはじめ、向こう三軒両隣はもちろん、世間並みの正月の空気感につつまれている。家族や親類が集まって雑煮を食す食卓、正月特有のゲーム遊びに興じている様子が思い浮かんでくる。そんな周囲の雰囲気の中で、祖母と私は二人だけの正月をすごした。ただ、私はそこに寂しさを感じることもなく、周囲の家庭をうらやましいと思うこともなかった。

いや、それよりむしろ、祖母と二人でこなす正月の世間とはちがう独特の味わいを気に入っていたのだった。

家には、なぜか花札と百人一首と東海道中双六があった。ふだんはどこかにしまってあるのだろうが、正月になると祖母はこの三つを取り出してきて、二人だけでの勝負をすることを、いつの日からか始めた。老婆と孫の花札と百人一首、それにサイコロを振っての双六……今から思い返せば、そこにいささかの不気味がからまぬでもないけしきだ。しかも、その場所は次郎長ゆかりの清水みなとなのである。

まず、花札から始め、マッチ棒を点棒に見立てて自陣に置き、「花見で一杯！」「猪《いの》鹿蝶《しかちょう》！」「赤丹！」「青丹！」などと口走るのだが、これはあまりながくはつづかず、次は双六ということになる。交互にサイコロを振り、「二つ進む！」「二つ下がる！」「休み！」などとやり合うのだが、見物人がいない双六にもやはり適当なところで終止符が打たれ、いよいよ百人一首となると祖母の目が妙な輝きをおびたものだった。

百人一首となると、祖母はにわかに気が入り、畳の上に札をまく手つきも生きいきとしてくる。そして、友だちの家の百人一首とのちがいは、畳の上にばらまくのが、字札ではなく絵札であるということだった。

「これが当り前だったんだよ」

と、祖母は自慢げに言い放っていた。一般的には、絵札の歌を上の句から下の句へと詠み上げげ、畳の上の字札の取りっこだったから、「むらさめの……」とくれば「きりたちのぼる」という下の句を目で探すやり方だ。「村雨の　露もまだ干《ひ》ぬ　槙の葉に　霧立ちのぼる　秋の夕暮れ」の頭と尻を取って「むらきり」と憶えるらしく、「天《あま》つ風　雲の通ひ路　ふきとぢよ　をとめの姿　しばしとどめむ」は「あまおと」ということになる。


これは、上の句から下の句を取るよりははるかに高等なルールで、基本的に百人一首を全て諳《そら》んじて臨むべきゲームなのだ。ただ、私が小学生の頃の大人はすでにそのような教養は持ち合わせておらず、上の句と下の句のすべてを聞いてから札を探すレベルになっていた。したがって祖母の「これが当り前だったんだよ」は、年端もいかぬ孫たる私への、自分の時代の教養のレベルとプライドを伝えるセリフだったのである。

子供と苦い記憶

電車の脱線事故のニュースに出くわすたび、小学生の頃の苦い記憶がふっと、頭をもたげ、そして直後にすーっと沈んでいく。

小学生と苦い記憶は、ちょっとフィットしないような気がするが、子供にも、やはり後ろめたさという感覚は存在し、つい出来心でやってしまった行為が、苦みをもって体に染みこんでいる体験が、私の中には今も脈打っている。

戦後間もない頃の地方のまちでは、列車の走る路線端も子供たちの遊び場のひとつであり、線路脇に生える雑草や、意外にきれいな花を摘み取ったり、磁石を手にしてレールの枕木の上をなでるようにしてその先に付着する砂鉄を持ち帰って紙の上にばらまき、その下で動かす磁石によって変化する砂鉄のけしきを面白がってみたりしていたものだった。

さらに、二本の線路の上に両足を置き、手をかざして前の方を見て、先へ行くほど二本のレールの幅が狭くなっているのを確認し、次に後ろに振り向いて手をかざし、やはり二本のレールの幅が先に向かって狭まっているのを見定めたあと、自分の足下に目線を落として二本のレールが曲がっていないことに首をかしげてみたり。

これは、二本のレールの幅が先に向かって狭くなり、後ろへ向かって狭くなるのなら、足下のレールは折れ曲がっているはずだ……という思いのもとに生じた遊びだった。

そこまでは線路内に立ち入る危険を除けば、大ざっぱには苦みのない子供のセンスとして、まとめることができる。

だが、やがて私たち小学生は線路の上に小石や錆びた釘を置き、列車が通りすぎたあと、平たくなった錆びた釘などを確認して、にんまりと顔を見合わせるようになった。

一度、運転手に発見されて、電車を止められ、悲鳴を上げて逃げ散ったことがあり、以来、それはやめることにした。

そして、これは下手をすれば、脱線事故の原因ともなりかねぬ遊びであることを、後ろめたくかみしめたものだった。

レールの上に置く小石を、次第に大き目にしていった覚えもあり、あのままエスカレートしていったら、一大事につながったかもしれなかった。

その後、私はたった一人で線路の近くにいたとき、やってきた貨物列車に向かって、拾った石を投げたこともあった。

すると、貨物列車が通りすぎる直前に、狙い通りの方向へ投げた小石が、列車の外壁にはじき返され、私の肩の辺りへ命中した。

とくに痛みを感じるほどの衝撃もなかったが、何か神の意志によってたしなめられた感じがして、その体験が後ろめたさの上に苦みを加え、頭に張り付いてしまった。

友だちと一緒のときなら、またちがう反応をしていたのだろうが、孤独な状態ゆえに強くかみしめたのかもしれなかった。

それにしても、その苦い記憶が列車の脱線事故を報じる記事を見るたびに、ちらりと浮上するのだから、われながら意外な善人なのかとも思い、その苦みがすぐに消えるところをみると、やはりそうも言えないという気がしたりもするわけであります。

「富士山の向こうに東京が見えるか」

私の中学校入学は昭和二十八年のことであり、終戦によって戦地から日本へ帰った男性が、とりあえず中学校での図画の先生というようにありつくというようなケースが多かったが、スズキ先生は、そんな世代の男性のひとりだった。戦争で失った左足に義足をはめ、黒いベレー帽をかぶって黒い縁のメガネをかけ、袖をまくった黒い長袖シャツに茶緑色のコール天のズボン、いつも無精ひげを生やしていた。スズキ先生がガチャリ、ガチャリと義足の軋む音を廊下にひびかせて教室へ近づいて来る気配を感じるや、生徒たちのあいだに得も言われぬ緊張が走ったものだった。

授業が始まる前、スズキ先生はかならず「絵の具と画板を忘れた者は手を挙げろ」と、愉快そうに掌でうながす仕種をする。仕方なく手を挙げる何人かがかならずいた。

「忘れた者の中で家へ取りに帰る者は？」と、スズキ先生がまたもや手を挙げるよううながす。そして、家へ取りに帰る者が一人もいないのをたしかめると、

「それじゃ、富士山の方へ向かって列べ」

と、命じる。私が入学した静岡市の城内中学校は、かつての駿府城趾の内堀の中にあり、晴れた日はかつて兵舎になっていた教室の窓から富士山がくっきりと見えた。

仕方なく富士山に向かって立つ右端の生徒の両耳を、スズキ先生はまずかるく指でつまんで上へ引っ張り、

「どうだ、富士山の向こうに東京が見えるか」

と、抑揚のない声で問いかける。この問いへの答えはむずかしい。もちろん東京など見えるはずもないのだが、「見えません」と正直に言えば、「これならどうだ」と耳をさらに上に引っ張り上げられる。「見えます」と言えば「嘘つけ……」とさらに上へ……これが二、三度くり返されて放免となるのだが、私の記憶では、引っ張り上げられた両耳がちぎれるほど痛いわけではなかった。ただ、背後に立って両耳を引っ張り上げている長身のスズキ先生の、呻くような重苦しい声には恐怖に近いものを感じ

させられたものだった。

スズキ先生は戦地から引き揚げたあと、画家として身を立てたいという青雲の志をいったん胸に封じ込め、生活のために教師の免状をとってとりあえずこの職についている。中学校で図画の先生をやりながら、画家として世に出る時節の到来を待っている……そんな気分だったのかもしれない。仮の身分としての仕事をこなし、早くそこから脱出しようとあがき、苦しみ、悩み、苛立っていたことであろうと、今となっては推測できるのだ。

が、そしてまた今となっては、あのときの〝富士山の向こうにある東京〟は、自分が本来身を置き画家として活躍しているべき檜舞台だったのであり、「東京が見えるか」は、そこに居ない自分に言い聞かせる呻きだったのだろうと思い返すことができる。そんなスズキ先生の妙な魅力へのなつかしさが込み上げてくる中で、近頃取沙汰される、裏に何も張りついていない薄っぺらな〝しつけ〟や〝暴力〟や〝パワハラ〟への、寒々しい思いがつのる今日この頃である。

モンローと島崎藤村

小学生の後半から高校卒業にかけては、かなりの数の映画を観ているのだが、それらの体験を思い出すと、その映画はそれを観た映画館とともに記憶に残っていることに気づく。

小学生の頃は、育ったまちである静岡県清水市（現・静岡市清水区）でほとんどの映画を観ているので、ランドルフ・スコットなどのB級西部劇をよく観た、駅に近い洋画専門のダイヤモンド劇場、大映作品などを上映する大衆演劇のごとき実演もあった栄寿座、洋画と松竹作品をともにこなすセントラル劇場、東宝作品を軸にした東宝劇場、片岡千恵蔵や市川右太衛門の東映時代劇や大映の三条美紀の〝母もの〟を観たサクラ劇場などをともなって、映画の記憶が灼きついているのだ。

中学からは静岡市の学校へ通ったので、静岡市のかつては本物の歌舞伎を上演しのちに洋画館となった歌舞伎座、ハリウッド作品の名作を観たオリオン座やフランス映画の有楽座、新東宝作品や〝裕ちゃん映画〟を観た日活映画の映画館などが思い浮かんでくる。

「回転木馬」「ベラクルス」「ベン・ハー」「真夏の夜のジャズ」ならオリオン座、フランソワーズ・アルヌールなどは有楽座……というふうに、観た映画と映画館は同じ記憶として頭に貼り付いているというわけだ。

そして、ロバート・ミッチャムとマリリン・モンローが共演した「帰らざる河」という作品の記憶は、長野県小諸の駅近くにあった映画館とともに記憶にファイルされている。夏休みに静岡の中学時代の同級生の信州小諸にある生家をたずね、同級生の兄に連れて行ってもらったのだった。小諸駅の近くには、「小諸なる　古城のほとり雲白く　遊子悲しむ……」という島崎藤村の歌碑があり、そのすぐ近くにある映画館で「帰らざる河」を観た。そのせいで、小諸駅と島崎藤村の歌碑と「帰らざる河」は、私の中に切っても切れぬ記憶のかさなりとして残っている。

何しろ、のちにマリリン・モンローのスナップ写真や映画を目にすると、かならずマリリン・モンロー→信州小諸→島崎藤村がともに記憶からたぐりよせられるのだ。艶っぽい衣裳で「ザ・リバー・オブ・ノーリターン」を「ノーリツァーン、ノーリツァーン」という感じで歌うモンローを、暗い映画館の中でちょいとばかり刺激を受けつつ見守った記憶と「小諸なる古城のほとり……」の島崎藤村。まさに水と油なのだが、それゆえに濃い記憶となってしまっていて、両者は決して剝《は》がれないのだ。

あの頃、同級生の兄はすでに高校卒業を前にする年齢で、マリリン・モンローの色気は自分の好奇心の対象になり得ていたにちがいない。だが、あの刺激は中学生の私にはいささか強すぎた。

その刺激からの興奮を冷ますために、島崎藤村流の感傷を道づれにする、少年なりの知恵による記憶術なのだろうか。マリリン・モンローはともかく、自然主義作家である島崎藤村には申し訳ないような気もする、これ、記憶の中のミスマッチであります。

「電話をかける」のしたたかな命脈

「電話をかける」という言い方は、今や正確には死語のはずだが、言葉としての余命はかろうじてつないでいるという気配はある。

電話をかける……の光景の記憶は、柱に取り付けた電話機から受話器を取り、電話局の人につないでもらう、あまりにも初期の方式のイメージはともかくとして、柱にある電話機から受話器を外すあたりまでさかのぼることはできるのではなかろうか。

その場合、電話機にあるダイヤルの相手の番号を指で回すという動作がとりあえず浮かんでくる。したがって、電話をかける……の〝かける〟というのは、そのあたりから指でダイヤルを回す動作と、かさなってくるのだ。

これは、戦時中まで柱に取りつけてあった電話が、戦後になって卓上用に切り替わったあとも、電話にダイヤルがあるかぎりつづいていく動作だった。祖母とともに暮らす小学校時代には、家に電話がなく、必要なときは隣の親戚の卓上電話を借りてかけたものだった。もっとも、戦争直後のあの頃、電話のあった家は稀で、隣の親戚と医者くらいのものだった。

やがて、中学生時代になると、友だちの家にはだいたい電話がそなえられていたが、祖母とふたり暮らしの家には、私が高校を卒業するまで電話がなかった。意外に早く電気冷蔵庫をそなえたわが家が、通信用具である電話と無縁だったのは、ちょいと私小説的な事情がからんでいるので、ここではその説明は省くことにする。さて、〝電話をかける〟なる言葉である。

私が大学へ通った時期の東京の下宿には、食堂のようなところに電話があった。下宿人たる十人ほどの学生たちの中で、部屋に電話を持っている者は皆無、すべて下宿の電話を借りて用をすませていた。私など、ガールフレンドに電話をするのを下宿のおばさんや他の下宿人に知られることを気にして、すぐ近くの電話ボックスまで行ってかけたりしたものだった。

大学を卒業して社会人になると、さすがにアパートの部屋に電話をそなえたが、その頃もまだ畳の上に置くダイヤル方式だったはずだ。

やがて、受話器が指で回すダイヤル方式から指で押すプッシュボタン式になると、〝かける〟という言葉の意味合いがどこか薄くなっていった……と、今になって思うのだ。しかし、指で押すからと言って〝電話を押す〟ではなく、電話に関する用語はあいかわらず〝電話をかける〟のままなのだ。

さて、プッシュ電話式の卓上電話機が一般化してゆき、会社の電話交換手が消えたあげく台頭してきたのが携帯電話。やがて携帯電話がケイタイとなって全盛時代を迎え、さらにそのケイタイが全知全能の神となって久しい。ケイタイを失うのは自分の世界をすべて失うにひとしい……現代にはそんな人々が充満している。

それでも、〝電話をかける〟という言葉が、用語として消えてしまっているかといえば否、流行の荒波にもまれつつ、したたかに脈々と息づいているのであります。

紅白歌合戦と水原弘

大晦日の日に、紅白歌合戦でなく、格闘技やボクシングのイベント番組を見るようになって、かなりの時がたっている。

紅白歌合戦で目に灼きついているのは何と言っても水原弘。第一回日本レコード大賞受賞の「黒い花びら」をひっさげての颯爽たるデビューだった。

当時、私は大学生になったばかりだったが、その水原弘の白黒画面を友だちの家の家族とともに見た。私にとっては、戦前の雰囲気を継承する紅白歌合戦は縁遠いという気がしはじめていたが、水原弘の〝紅白デビュー〟は目にしておきたいと思ったのだった。水原弘は、紅白歌合戦の主軸たる歌唱の趣きとも、あの頃に巻き起っていたロカビリー・ブームの中での日本製のポップスともちがうテイストをおびる唯一の歌手だったのだ。

本格的な歌唱力と不良性のアンバランスが〝俺たちの時代のスター〟のイメージにぴったり合い、私は「黒い花びら」一発で水原弘の大ファンになった。

友だちの家族にも新鮮な迫力が伝わることを期待し、中村八大のピアノと松本英彦の妖しいサックスのサウンドによる冒頭の部分を楽しみにしていると、「黒い花びら」は中村八大のピアノの伴奏と水原弘の歌の組み合わせという趣向で始まった。これは、水原弘のリサイタルなどで一人で聴くにはもってこいの味わいなのだろうが、紅白を見る未知のファンに水原弘を初紹介するにはいささか渋すぎて、やはりそこにサックスのあざといサウンドがからめられるべきだったと、ファンとしてちょっと失望したのを思い出す。

レコードと同じではつまらない……という水原弘の〝紅白〟へのかまえには、デビュー曲でいきなりレコード大賞を射止めた者の余裕からくるサービス精神が感じられた。だが、この余裕に、その後の水原弘という天賦の才にめぐまれた歌手の顚末《てんまつ》を思いかさねるならば、どこかに余裕の上に〝驕《おご》り〟の影がかさなっていたようにも思えてくる。

水原弘は、場外ホームランのごときデビュー曲「黒い花びら」のあと、「黒い落葉」「黄昏のビギン」「恋のカクテル」と性急にヒット曲を連発したが、そのあとにヒットがつづかなかった。やがて、後輩歌手のゲスト役をやったりもする立ち位置となり、映画出演で勝新太郎と共演するなど、〝ヒット曲なき大物〟の時代がやってくる。

第一回日本レコード大賞歌手→おミズのニックネーム→巨額の借金→トバク→芸能界きっての酒豪→キャバレー回りというコースをたどり、消え去らんとする寸前に、「君こそわが命」で奇跡のカムバックを遂げたものの、また同じことのくり返し。けっきょくは地方巡行の途次で、急性アルコール肝炎による四十二歳での死にいたった。

その〝無頼〟の生き方は水原弘に似合ってはいたが、本来は酒が駄目なタイプだった彼が、古風な〝無頼〟の装いとしておぼえた酒が命取りとなった。だが、そんな生き方が水原弘には似合っていた……という思いが、〝紅白〟の季節にわくのは毎年のことである。

ウエスタン・カーニバル異聞——田川譲二の凄み

一九五八（昭和三十三）年二月八日に、日劇において「第一回ウエスタン・カーニバル」が開催されるや、平尾昌章（のちに昌晃）、山下敬二郎、ミッキー・カーチス、小坂一也、中島そのみ、水谷良重（現・八重子）らの人気が大爆発し、一週間で四万五千人の観客を呼び、ロカビリー・ブームというやつが巻き起こった。絶叫してスター歌手に抱きつく女性ファンが、それまでの日本芸能界の常識を吹き飛ばし、「ウエスタン・カーニバル」は社会現象にまでなった。今日であれば、文句ない流行語大賞になっているところだ。

第一回の大ブレイクにつづいて、五月に第二回、八月に第三回と、興行的大成功の連続で、守屋浩、かまやつひろし（ムッシュかまやつ）、水原弘、坂本九などの人気が次々と爆発した。

これらのシンガーは、いわゆる〝ジャズ喫茶〟のスターたちであり、テレビやラジオに登場する芸能界の王道たる歌謡曲の歌手とはまったく別物だったのだが、彼らの異常なほどの人気を、芸能界やテレビ界もやがて無視できなくなってゆく。そして、そのあとに到来するアイドル的なグループ・サウンズのブームとちがって、ロカビリー時代のシンガーには、あきらかに〝ジャズ喫茶〟の匂いがあった。

私は、〝ジャズ喫茶〟の匂いをもつ「とっぽい」歌手が好きだった。山下敬二郎、水原弘、デイヴ平尾などがその範疇に入るシンガーだったが、大学に入ったばかりの頃の私は、田川譲二という二番手的なスターに興味を向けていた。不良の兄哥《あにい》の色気をただよわせるヤンチャな色男、赤いセーターに生成《きな》りのノータック・ズボン（スラックスでもパンツでもなく、ズボンです！）が似合う長身。ちょっと酔わせてやるぜ……てな表情で「センド・ミー・サム・ラヴィン」なんぞを歌おうものなら、そこに比類ない魅力が立ちのぼり、歌唱力なんてくそ喰らえの気分にひたらされたものだった。

その田川譲二が最後の「ウエスタン・カーニバル」に出演というので足を向けたのは、私がもはや大学を卒業して入社した出版社をも辞める寸前のような時期のことだった。銀座の小さな酒場「まり花」の今は引退し先頃逝去したマダムが、内田裕也さんに頼み込んで席を手に入れてくれたから入ることができたものの、「ウエスタン・カーニバル」の最終回とあって、もちろん大盛況の超満員で、まともにはチケットなど手に入るものではなかった。

「ウエスタン・カーニバル」の歴史を飾った往年のスターに加えて、ジュリーやショーケンなどの特別出演もあり、酔って歌うがごときショーケンの「ラストダンスは私に」は、越路吹雪流を超越した、凄みある魅力に満ちみちていた。それでも、私の眼目は田川譲二が歌うあいかわらずの「センド・ミー・サム・ラヴィン」であり、彼のその不良っぽくヤンチャな危ないテイストは健在で、私を大いに満足させてくれたものでありました。

人生相談とムカデ

人生相談というジャンルが生まれた最初は、たしか雑誌「婦人公論」誌においてのことだった。この雑誌を発刊している中央公論社につとめ、最初に配属された「小説中央公論」なる雑誌が休刊となって、私が次にこの雑誌の編集部に配属された直後の頃に、同誌で〝人生相談五十年〟という特集をやったが、それからまた五十年以上をへた今日までも「人生相談」欄は週刊誌などでつづいているのだから、人生相談というジャンルの寿命のながさにはあらためて感心してしまう。

私の記憶では、「婦人公論」における初期の人生相談は、「ピアノの先生に言いよられていますがどうしたらよろしいでしょうか」というようなケースが多く、常に目上の人に迫られて思案に暮れたあげくの相談だった。〝目上の人〟は、上司、学校の先生、家庭教師、遠い親戚の伯父……などだったが、その答えは「黙ってガマンしていなさい」的な、世間体を重視した、今日からは想像できぬ考え方と姿勢によるものであった。

それからおそらく百年ほどのあいだに、人生相談の悩みもその答えも、さまざまな変遷をとげてきているのだろう。悩みのタイプも、回答のタイプも多様になっているはずだ。そして、昔であれ今であれ、この人生相談の回答者など、自分にはとうてい向かぬジャンルとかみしめている。

それは、他人サマの悩みに対して真摯に向き合うかまえが、私にはまったく身についていないことからくるもので、そのまた奥には、自分の悩みを人サマに真摯にうったえるかまえが、私の中にまるでないという問題がよこたわっている。自分の中に悩みがないとは言わぬまでも、その悩みが人サマに答えを求めるほどに膨らまぬということかもしれない。その次は、自分が悩みと向き合う精神をどうやら持ち合わせていないらしいというところへ行きついてしまいそうで、答えるのをやめたくなる……と言えば、深刻そうだが、自分はそういうタイプの楽観主義者なのだというのが的に近い気がする。

唐突ながら、「百足《むかで》」（蜈蚣とも書くらしい）を辞書で引けば、「節足動物門ムカデ綱のうちゲジ類を除いたものの総称」「細長いカラダは多くの環節からなり、各環節に一対する脚がある」などという説明に出合うが、足が百本あると明記はされていない。だが、このムカデなる生物を〝百足〟と名づけたセンスはすごいではないか。

実は、「キミは左右にある百本の足をどんな順番で動かしているの？」とたずねられてその問題を真摯に考えはじめたとたん、その百足は一歩も動けなくなった……というオハナシをしたいのです。

自分が百本の足をどんな順番でくり出して前へ進んでいるのかを、考えなかったから百足は自然に前に進んでいた。ところが、この問題と真摯に取り組んだとたん、動けなくなったということであり、ワタシ的には、だから何も考えないのが一番、というところへ着地してしまうのだ。これぞ人生相談の相談者にもその回答者にもなり得ぬゆえんなのであります。

日記は誰のために書かれるのか

私は、額面通りの〝日記〟というものを書いたことがない。

小学校のとき、夏休みの宿題として書かなければならなかった絵日記は、あまりきらいではなかったが、あれは純粋な意味での日記とは言えず、学校の休暇中の出来事を、先生に向けて報告するような趣きがあり、自分のための日記というものではなかった。

ただ、絵と文の合わせワザのごときあの絵日記が、小学生の時代のみで終わり、中学校の宿題から消えてしまうのは、いささか惜しい気がしないでもない。中学生あたりからは読み手たる他者に対する想像力もはたらいて、そこにご機嫌うかがいやおもねる小賢しさが芽生え、日記が先生への正直な報告たり得ぬゆえ、学校側が生徒を管理する材料となりにくいという事情も生じてきて、日記の鑑定がむずかしくなるのもたしかだろう。

ま、日記が自らの心情の純粋な記述であるか、読み手を意識したものであるかの判定は、なかなかむずかしい。とくに作家の日記ともなれば、そこに本能的に表現の工夫がなされてくるわけであり、読み手への意識が皆無であるとは言いがたくなる。その日記に投影される自意識に想像をめぐらすのが、作家の日記を読む楽しみでもある、となれば作家の日記というジャンルは、重層的な意味合いにおいて興味が尽きぬ存在であるのかもしれない。

ある作家の「日記編」の中におさめられたある日の書き出しを読んだとき、私は作家の日記へのあまりに明快な対し方に度胆を抜かれた……というか目からウロコが落ちる思いにひたったものだった。作家が日記というジャンルと真っ正直に対峙するとはこのことかと、意表を突かれる気分に、快感とともにつつまれたのだった。

「尾籠《びろう》な話で恐縮だが」、これがその日記の書き出しだった。これが日記ではなく手紙であるならば、すんなりと読みすすめることができる。ふつうの随想文だとしても、

読者諸兄姉への恐縮という意味合いで納得できるのだ。しかし、これは日記でありま
す。
「尾籠」を辞書で引いてみると、「わいせつであったり不潔であったりして、人前で
口にするのがはばかられること。きたないこと。また、そのさま」とあり、使用例と
して「甚だ――なお話ぢやが、象の糞は／潤一郎／象」が紹介されていた。
この日記に、冒頭のひとくだりのあとどのような内容の〝尾籠〟について書き綴ら
れていたかについては、私の杜撰《ずさん》な記憶の中ではさだかでないが、昨夜来の腹ぐあい
の悪さ程度のことだったように記憶している。では、この程度のことを誰に恐縮して
いるのかといえば、日記の読み手である自分自身への恐縮ということになり、これは
これでまことに作家らしい心もようだと感服するしかないのであります。

となりの叔父さん

自分の祖父の妹にあたる人の長男……それがA叔父との戸籍関係だが、そのように意識することなどまれで、子供の頃に隣に住んでいた親戚の叔父さんというイメージに馴染んでいるだけで、どういう筋にあたる叔父なのかは、実はあまり考えたことがなかった。

A叔父の部屋には、文机《ふづくえ》があったが、子供の私はそれよりもその脇に立てかけられた立派な革のムチに心ひかれた。

また、隣家の玄関には、すでに戦後になっていたというのに、これまた立派な軍刀が飾られていた。革のムチも軍隊用の物であるらしかったが、それがA叔父の戦争や軍隊生活とどうつながっていたかなど、もちろん知るよしもなかった。

一度だけ、私より二歳下の隣家の長男とともに〝触れるな〟といわれていた刀置きの上に飾られる日本刀を、ほんの少し引き抜いてみたことがあったが、そのとき目にした刀身の冷たい迫力に気圧《けお》されて、そっと刀身をおさめ、長男と首をすくめて目を見合わせたものだった。

中学生の頃、A叔父が買ったイブ・モンタンのLPを聴き、私は育ての親である祖母に、電気蓄音機をせがんだが、まともに買ってはもらえず、知り合いの電気屋にとりあえずの電蓄みたいなものをつくってもらい、A叔父から借りたイブ・モンタンのシャンソンを聴いた。

また、米軍用の日用品を売るPXでA叔父が買い込んだチョコレート味のバターをひと味なめさせてもらったこともあった。

私の祖父が最後の入院をしたとき、その顔を見にいくように言われて病院へ行き、廊下で待っているとA叔父もそこに顔を現した。私は大学二年生になっていた。A叔父は、祖父の最期を待つ親戚の者にかるく挨拶をすると、ポケットから見慣れぬ平べったいタバコを出して吸い、何人かにすすめながら、「ようやくゲルベゾルテを喫えるようになってねえ」と呟くように言っていた。

そのとき、私は大学二年になっていたが、A叔父の感慨を芯のところで受け止めることなど、とうていできなかった。

私がつとめていた会社を辞めて作家になると、A叔父との距離がにわかに近くなった。清水の波止場近くの洋食店「サンライス」や大正橋のたもとの「金田食堂」、あるいは静岡の小路の中にある小さなバーや小料理屋などを教えてもらったりしたものだった。

やがて、祇園の茶屋へ連れて行かれもしたが、A叔父が料理屋や料亭やバーに似合う大人の風貌の持ち主で、長身でハンサムな顔立ちをしている、いわゆるモテ男だということに、私はその頃ようやく気づいた。

A叔父の悪友だというXさんも紹介されたが、二人の会話からは、不埒さも道連れとした男の色気のようなものが伝わってきたものだった。

そのA叔父が世を去って間もなく、仕事で静岡へ行った私は、駅から地下街へ降りる階段の途中で、前方に立って私に目を注いで立っているXさんに気づいた。

「Aちゃんがいなくなってさあ、寂しい……」

Xさんは、私の目をのぞきながらポツリと言ってから、苦みのある寂しげな笑みを浮かべ、駅への階段をゆっくりと上がっていった。

老人の遠近術

　いつの日からか眼鏡をかけるようになっている。何がきっかけかはおぼろげで、二十代のとき、眼精疲労症状があらわれ、それはつとめていた会社の組合の書記長に入社二年くらいで選ばれて、当惑したまま、時をすごしていたストレスの結果だろうというのが、今のところの記憶のありようだ。

　そのときは、医師に自律神経失調症みたいな診断結果を書いてもらい、それを提出して書記長を辞任し、ぐあいが悪い証拠みたいに二週間ほど会社も休んだあと、初めてつくった眼鏡をかけて出社したのだった。

　なれない組合活動のストレスもあったのだろうが、学生時代から乱視気味になっていたせいで、目が疲れやすかったことも、この症状のベースにはあったはずだ。

視力自体は一・二だったから、乱視矯正用のダテ眼鏡みたいなのをつくったが、しばらくはかけていたものの、眼の両側の眼鏡の重みがわずらわしく感じるようになって、かけるのをやめた。

それからどれほどの歳月がすぎたか……私が会社を辞めて作家になったあと何年かがすぎたある日のこと、劇場で芝居を観ていて「おや?」と感じた。ベースにある乱視が浮上したとも、浮上する年頃だったとも、そこに視力の衰えがかさなったとも言える年頃のことだった。

そこで眼鏡屋へ行って測ってもらうと、視力は一・〇と〇・七になり、乱視はあいかわらずと言われた。その眼鏡屋のすすめで遠近両用の眼鏡をかけ始めたが、階段でもないところが階段のように見えたり、本物の階段でも何となく不安になったりしたあげく、遠近両用の眼鏡をやめて、原稿書きや本を読むさいの遠視用の眼鏡と、芝居見物用で遠くが見える眼鏡の助けを借りて今日にいたっている。

今にして思えば、遠近両用の眼鏡との縁を、いとも簡単に切ってしまったところが、私の限界というか融通のきかぬところだった。

あのとき、遠近両用眼鏡をかけて見るけしきの中の〝遠〟と〝近〟の見えない境界を薬籠中の物とするセンスを身につければ、私もすんなりと〝老人流〟を手に入れていたのかもしれない……とは、近頃になって『老人の極意』やら『老人のライセンス』などというタイトルの本を書きつづったあげくの反省だ。

これこそ実に幻想的で神秘的な世界ではないか。考えてみれば、達人たる老人たちは視界の遠近ばかりでなく、記憶の遠近をも自在にあやつり、それを自分の生きる術として使いこなしている人たちなのだ。近くも遠くも今も昔も漠然としてきて、そこにある常識的な境界線などは軽々と溶かしてしまい、自由自在に時空をまたいで生きる術……それを身につけていればこその〝老人流〟なのだ。

今と昔のけしきを学識的な遠近法でとらえるのではなく、思考の遠近両用眼鏡を自在に駆使できてこそ、老人の域に爪をかけることができるというものであり、私は現実的な存在たる遠近両用眼鏡になれることもできず、よって、老人の遠近術すなわち特権的な精神の錬金術からも遠のく人生を歩んでいるということのようだ……と今、気がついても遅すぎる発見をしたわけであります。

†初出――「夕刊フジ」二〇一六年五月二十四日〜二〇一八年十二月十八日に
「老人のライセンス」として連載されました。

村松友視（むらまつ　ともみ）
一九四〇年、東京生まれ。慶應義塾大学文学部卒業。八二年『時代屋の女房』で直木賞、九七年『鎌倉のおばさん』で泉鏡花文学賞を受賞。著書に『私、プロレスの味方です』『夢の始末書』『百合子さんは何色』『アブサン物語』『野良猫ケンさん』『幸田文のマッチ箱』『淳之介流』『俵屋の不思議』『帝国ホテルの不思議』『金沢の不思議』『老人の極意』『大人の極意』『老人のライセンス』『北の富士流』『アリと猪木のものがたり』『猪木流　「過激なプロレス」の生命力』等多数。

老人流

二〇一九年一一月二〇日　初版印刷
二〇一九年一一月三〇日　初版発行

著　者　村松友視
装　丁　菊地信義
発行者　小野寺優
発行所　株式会社河出書房新社
〒一五一－〇〇五一
東京都渋谷区千駄ヶ谷二－三二－二
電話　〇三－三四〇四－一二〇一（営業）
　　　〇三－三四〇四－八六一一（編集）
http://www.kawade.co.jp/

印刷・製本　中央精版印刷株式会社

Printed in Japan　ISBN978-4-309-02841-5